全国模范法官

人民法官李庆军

河南省委书记、省人大常委会主任王国生指出，李庆军同志是习近平新时代中国特色社会主义思想的模范践行者，是新时代共产党员的先锋战士，是人民的好法官和出彩河南人的杰出代表。

不忘初心　牢记使命

「感动中原」2018年度人物

吴倩　著

中州古籍出版社
·郑州·

图书在版编目（CIP）数据

人民法官李庆军/吴倩著. — 郑州：中州古籍出版社，2019.7
ISBN 978-7-5348-8766-6

Ⅰ.①人… Ⅱ.①吴… Ⅲ.①报告文学-中国-当代 Ⅵ.①I25

中国版本图书馆 CIP 数据核字（2019）第 156844 号

出版	中州古籍出版社
	地址：郑州市郑东新区祥盛街 27 号 6 层
	邮编：450016
	电话：0371-65788693
经销	新华书店
印刷	河南大美印刷有限公司
版次	2019 年 7 月第 1 版
印次	2019 年 10 月第 2 次印刷
开本	710 毫米×1000 毫米　1/16
印张	12.5
字数	130 千字
定价	48.00 元

本书如有印装质量问题，由承印厂负责调换。

人民法官李庆军

最高人民法院党组书记、院长周强批示：

"李庆军法官事迹感人至深，不愧为新时代人民好法官，应在全社会大力宣传李庆军法官先进事迹。"

河南省委书记、省人大常委会主任王国生批示：

"李庆军同志是出彩河南人的代表，是新时代的好典型，要在政法系统和全社会开展学习活动。我们需要像他这样既干净又干事的好干部。"

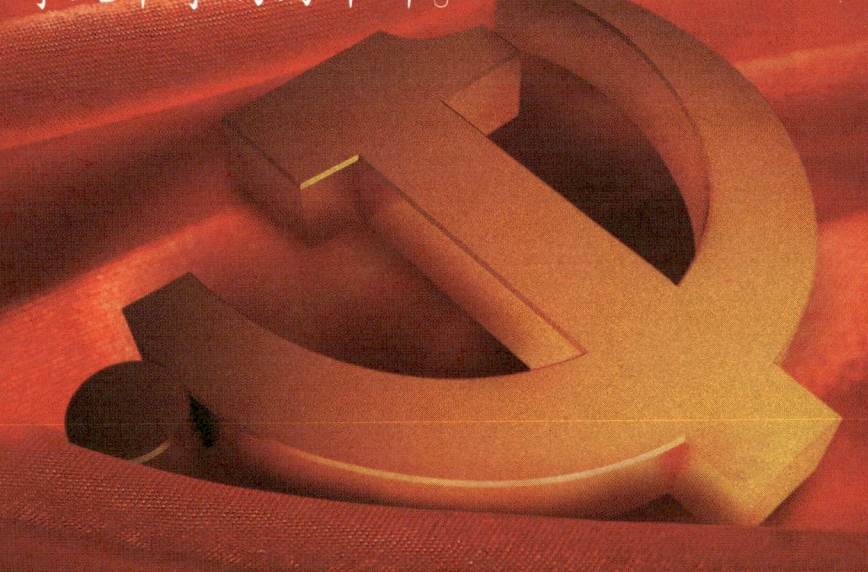

　　2019年7月26日上午，最高人民法院和中共河南省委在郑州隆重召开表彰大会，追授李庆军同志"全国模范法官""河南省优秀共产党员"荣誉称号。最高人民法院党组书记、院长周强，河南省委书记、省人大常委会主任王国生出席会议。

序

　　李庆军同志生前任河南省高级人民法院立案二庭副庭长，二十五年如一日，兢兢业业干着他所热爱的审判工作，捍卫着法律的神圣，将法治的暖流汇入人心，用生命书写着对党的忠诚和对依法治国的践行，诠释了"人民法官"四个字的深刻内涵，也展现了新时代出彩河南人的壮美风采。

　　李庆军出生于太行山南麓的济源王屋山下。八百里巍巍太行山，孕育了愚公移山精神、红旗渠精神。李庆军是愚公移山精神、红旗渠精神的当代传承者，他身上也闪耀着焦裕禄精神的光辉，他身上鲜明体现着焦裕禄那"三股劲"。

　　对群众的那股亲劲。对待咨询法律问题的乡亲，他总是竭尽所能为大家解疑释惑。面对形形色色的案件当事人，李庆军总是不急不躁，让当事人把心中的不满说出来，然后再认真分析案件情况，让当事人心服口服，真正做到案结事了，有力维护了群众的合法权益和社会和谐。

　　抓工作的那股韧劲。他每次从北京检查身体回来，总是一头扎进办公室,把耽误的工作补回来。一有时间他就钻研审判前沿课题,以精湛业务守护公平正义,办案数量和质量常年在全庭名列前茅。对棘手案件,他坚持"底线绝不能突破,对法律要有敬畏之心",办过的案子成为精品,案件当事人多年后仍念念不忘。

干事业的那股拼劲。被检查出尿毒症这四年来,他每天自己做四五次透析,依然照常上班,首先考虑的是案件量在不断增加,不能因身体原因影响案件审理。即便在住院期间,他也要求同事将案卷抱到医院,然后坐在病床上签审案件。生命最后的8个月,他个人结案121件,是全庭办案最多的法官,重病进行治疗时还依旧忘我工作。

经媒体报道后,李庆军先进事迹感动了很多人,在中原大地传颂。2018年12月7日,河南省委书记、省人大常委会主任王国生专门批示:"李庆军同志是出彩河南人的代表,是新时代的好典型,要在政法系统和全社会开展学习活动。我们需要像他这样既干净又干事的好干部。"

2018年12月15日,河南省高级人民法院发出通知,决定在全省法院系统开展向李庆军同志学习的活动,让李庆军同志的事迹和精神成为激励广大法院干警努力工作的强劲动力。

当前,我国社会主要矛盾已转化为人民日益增长的美好生活需要和不平衡不充分的发展之间的矛盾。在改革深水期和社会转型期，党和人民对法治、司法公正寄予厚望。司法案件的裁判结果更加公平，司法程序更加公正，诉讼过程更加便捷高效，诉讼权利更加受到尊重，是老百姓对司法领域的真切诉求。

在纪念宪法公布实施30周年大会上，习近平总书记强调，"让人民群众在每一个司法案件中感受到公平正义"。法官这个职业掌握着法律赋予的最终裁判权，法官作为维护国家法治的重要群体，其理想信念、职业精神、综合素质直接关系着法治的实现程度。落实习近平总书记的要求，实现这一伟大目标，需要人民法院和广大法官不忘初心、牢记使命，驰而不息地付出努力。

典型就是感召，就是形象。人民群众是从法官的一言一行中形成对法院的观感、对法治的认识的。法官队伍的素质和作风，直接关乎广大人民群众对司法公正的评价。正如网民所说："一个好法官，不仅仅是讲述了一个好人故事，办理了一些具体案件，更是坚定了群众对公平正义的信仰。"

时代呼唤好法官，法治需要好法官，人民离不开好法官。对李庆军的缅怀，是砥砺使命责任的郑重宣誓，更是对涌现越来越多优秀法官的深切期盼。李庆军这样的好法官多一些，群众的利益就更能得到保障，法律正义就能够更好实现，而且定然可以以人们看得见的方式加以实现，将法治的暖流点点滴滴汇入人民心中。

人生因奋斗而出彩,生命因坚守而不凡。进入新时代,我们需要更多像李庆军这样忠诚廉洁、敢于担当的好法官,以务实扛起责任,以爱民服务群众,以敢为天下先的勇气矢志改革创新,把该做的事说到做到,把分内的事做实做好,用多彩、浓彩描绘中原更加出彩的美好画卷。

目录

李庆军同志先进事迹 // 01

引子　抽屉里的秘密 // 10

第一章　"神秘"的病情，隐瞒的日记

法院里"谜一样"的法官 // 16

病床上，念念不忘的还是工作 // 21

走进人心底的"普通人" // 25

最艰难的抉择 // 29

最后一次腹透 // 36

第二章　法律的底线和天平

"三不伸手"法官 // 40

一个被理解了的"抱怨" // 43

对妹妹和父亲，也"不讲情面" // 46

以一颗真心融化"坚冰" // 51

"不管憨子傻子，生命是一样的" // 55

越是"扛麻袋"的，越要对他们倾注更多的心血 // 59

第三章 "愚公"的精神，永远不忘本

童年的苦难 // 64

母亲给了他坚韧的性格 // 69

一肩一肩扛起了三间土坯房 // 73

不能白吃的饭 // 78

住在牛棚，志在四方 // 80

珍惜读书机会，刻苦努力 //84

同学的"惊奇"和遗憾 // 87

第四章 底色是善良，别人永远在前面

孝敬父母的一个榜样 // 92

温情又"礼数繁多"的一面 //95

再弱小也不放弃善良和爱 // 99

贫穷"困"不住慷慨 // 102

李庆军的家就是个"接待处" // 105

感谢不成又被照顾 // 113

一个间隔了四十年的电话 // 115

第五章 斯人已逝，精神长在

美丽的谎言难结的尾 // 118

无法"谦让"的荣誉 // 120

一位父亲留给儿子的最宝贵的财富 // 123

总有一种平凡让人泪流满面
——追记省高级人民法院立案二庭副庭长李庆军 // 127

李庆军：与病魔抗争，仍坚持工作 // 140

年轻法官的良师益友 // 146

李庆军：公正司法，尽心尽力做好工作 // 149

李庆军：恪守法律，全力普法为乡亲 // 153

李庆军：敬畏法律，法律终会还你公道 // 157

河南省高院发出通知号召全省法院系统向李庆军同志学习 // 162

附一：媒体评论 // 164

附二：好友诗文 // 171

附三：记者手记·平凡的力量 // 183

后记： // 186

李庆军同志先进事迹

　　李庆军，男，汉族，1964年3月出生，1986年7月参加工作，1997年3月入党，生前系河南省高级人民法院立案二庭副庭长、员额法官，2018年9月28日因病医治无效在郑州逝世，享年54岁。

　　李庆军同志参加工作30多年，在人民法院工作期间历经多个岗位锻炼，从一名普通书记员成长为高级法官，始终以优秀党员标准严格要求自己，忠实履行宪法、法律赋予的神圣职责，对审判事业矢志不渝，以司法为民、公正司法的实际行动深刻诠释了一名共产党员、人民法官的忠诚和担当。

　　信念坚定、勤勉敬业，始终把党和人民利益放在首位。李庆军同志始终将维护人民群众的合法权益作为最终目标，将司法公正作为毕生追求。2014年10月，他被确诊为尿毒症后，每个月都要去北京复查一次身体，他总是买周一晚上出发的列车，忙完一天的工作后带上装有透析液和透析装置的箱子匆匆赶往车站。周二早晨下车后直奔医院复查，检查完就坐当天的

人民法官李庆军

高铁返回郑州。一回郑州，他先到办公室，把当天落下的工作补回来，然后才拖着疲惫的身体回家。2016年4月，他又突发脑梗住院，住院期间为了不耽搁工作，他让同事把案卷送到医院，阅卷拟出意见后，再让同事把案卷拿回单位。在生命的最后时刻，他仍然没有放下手中的工作。2018年9月2日，李庆军准备接受换肾手术，他只向单位请了两个星期假，在术前检查和透析的时候还一连打了13个电话跟同事交接工作，发短信安排原本计划好的调解，一旁的医护人员直摇头："这里是什么地方，先把工作放放吧！你哪儿像个要做大手术的人？"在重症监护室里，他手术后一苏醒就回复手机上的未接来电，给对方解答法律上的疑惑。他就像一台永动机，永不停歇地转动着，在生命的最后4年里依然坚守如初。在每天至少4次腹膜透析的情况下，他一天审查案件最多时达几十件，办案数量在全庭名列前茅。

公正司法、一心为民，做社会公平正义的守护神。李庆军同志对人民群众怀有深厚的感情，他深知法官手中的权力来自于人民，应该更好地服务于人民。面对来法院打官司的群众，他常说："越是扛着麻袋、大包小裹来省法院的当事人，越要倾注更多的心血和注意力。"工作中他始终做到态度和蔼、耐心倾听，做公正为民的贴心人。有一年，其办案团队办理的一件标的额仅为3500元的劳动报酬争议案件，一、二审均因证据不足判决农民工李某败诉。李某不服向省高院申请再审。审查时，有合议庭成员建议驳回，李庆军说："标的额虽然不大，从现有证据材料上看，也没发现原判决有什么大的问题，但我们不能从心理上轻视这类案件，更不能一驳了之，要调卷认真审查，组织听证，查明事实真相，让当事人打心眼里接受我们的处理结果，息诉罢访。"

求真务实、精益求精，始终保持严谨细致的工作作风。李庆军同志在专业上求精，在细节上求严，在过程中求全。他所在的省高院立案二庭主要从事建设工程、房地产开发等合同纠纷案件一、二审裁判及再审审查工作，这类案件在民事审判中最为复杂和烦琐。他挤时间钻研审判业务，对每起案件都是在询问前认真仔细阅卷，搞清楚争议焦点和问题实质，有针对性地去解决问题、化解矛盾。他经常对同事说："每当我写判决书时，总感觉败诉方当事人就在对面看着我，所以一定要把法理说清楚，让当事人输得明白。"2001年，李庆军撰写的裁判文书被评为"全国法院优秀民商事裁判文书"，评价语为："针对性强，逻辑严谨，言之有据，判决结果具有说服力，符合司法公正的要求。"李庆军连续写了19本日记，大部分内容都与审判工作有关，写的最多的是当天工作中的问题和不足。在生命最后的几个月里，每周他都会让书记员通知10个再审审查案件的双方当事人前来接受询问，同时安排二审开庭工作。在询问时，他会耐心听当事人把话说完，归纳争议焦点，再认真解答。他常说："很多当事人进法院是带着火气的，原因就是有话没处讲、没人听，你让他把话说完了，他的火气就小了一大半。我们的工作不仅是要办结案件，更要化解矛盾。"

坚韧顽强、殚精竭虑，为司法事业奋斗到最后一刻。李庆军同志身患重病，一天不透析就会危及生命，他以乐观坚韧、顽强拼搏的钢铁意志，毅然坚守在审判岗位。确诊尿毒症后，医生给出了血液透析与腹膜透析两种治疗方式，血液透析效果好，但每周要到医院三四次，为了不耽误工作，李庆军选择了可以在家进行的腹膜透析。每天早上六点，闹钟响起，他就准时洗漱透析。腹膜透析经常会出现腹痛腹胀、恶心呕吐的反应，因此他常常吃不下早饭就赶去上班。立案登记制改革以来，立案二庭受理的案件高速增长，他不想因病受到照顾，面对妻子的不解，他说："我立志做一名好法官。我不是故意隐瞒自己的病情，就是想正常办案，法官不办案还有什么价值？"因为肾功能差，李庆军经常不能喝水，说话时间一长就会身体乏力、舌头发僵，即便如此，他还是坚持把法理跟当事人解释清楚，实在扛不住了就喝口水再吐掉。他尿酸高的时候从脚到膝盖都疼痛难忍，无法行走，在家需要拄拐杖的他，在单位就用毛巾包住腿，穿宽松一点的裤子。就这样，李庆军同志常年忍受着严重病痛，坚守在审判工作第一线。

严于律己、正气凛然，永葆人民法官清廉本色。"人生就如一张白纸，既能画出明亮也能描绘黑暗。一定要系好第一粒廉洁扣。"工作中他不向领导伸手，不向同事朋友伸手，更不向当事人伸手，是同事们眼中出了名的"三不法官"。每当有人因为案件打招呼时，他总是说："法院是说理的地儿，我做这份工作一定要对得起良心，对得起双方当事人，不给法院抹黑，不给法官抹黑。"多年来，他所办理的案件无一关系案、人情案、金钱案，展现了一名共产党员和人民法官的浩然正气。

2018年9月28日，李庆军同志因病医治无效在郑州去世。李庆军同志去世后，新华社、人民网、《法制日报》、《人民法院报》、《河南日报》等媒体对其先进事迹进行了宣传报道，其生前遗留的19本日记受到群众热议和好评。

2018年10月11日，河南省高级人民法院下发《关于为李庆军同志追记个人一等功的决定》；2018年12月5日，河南省高级人民法院下发《关于开展向李庆军同志学习活动的通知》；2018年12月5日，河南省高级人民法院党组织向省委政法委呈报《关于在全省政法系统开展向李庆军同志学习活动的请示》；2018年12月13日，河南省委宣传部发出《关于进一步做好李庆军同志先进事迹宣传工作方案》的通知，提出要进一步挖掘李庆军同志先进事迹，组织中央、省内媒体以及新媒体进行集中宣传；2018年12月14日，河南省高级人民法院党组向省委组织部呈报《关于为李庆军同志追授"河南省优秀共产党员"荣誉称号的请示》；2018年12月25日，河南省委政法委下发《关于开展向李庆军同志学习活动的决定》；2018年12月27日，李庆军同志被河南日报评选为"2018十大出彩河南人"；2019年1月3日，李庆军同志被省文明办评选为"河南好人"；2019年1月4日，河南省高级人民法院举办"出彩法院人河南优秀法官先进事迹报告会"，李庆军妻子以《平凡的岗位，坚强的人生》为题讲述了李庆军同志先进事迹；2019年3月29日，"感动中原"2018年度人物颁奖典礼在郑州举行，李庆军当选"感动中原"2018十大年度人物。2019年4月30日，李庆军同志被人社部、最高人民法院追授为"全国模范法官"荣誉称号。2019年7月8日，中共河南省委追授其为"河南省优秀共产党员"称号。

2019年7月26日上午，最高人民法院和中共河南省委在郑州隆重召开表彰大会，追授李庆军同志"全国模范法官""河南省优秀共产党员"荣誉称号。最高人民法院党组书记、院长周强，河南省委书记、省人大常委会主任王国生出席会议。

2019年7月26日上午，最高人民法院党组书记、院长周强，河南省委书记、省人大常委会主任王国生出席表彰会议。李庆军的爱人马凤实上台领取李庆军获得的荣誉证书。

人民法官李庆军

4年来，他每周至少接待10个案件的当事人，每天审查案件最多达几十件。

4年来，每天中午下班后奔波8公里回家，下午又准时出现在办公室，风雨无阻。

4年来，无论春夏秋冬，他大把吃药，却又很少喝水，身体日渐消瘦，但办案量在全庭名列前茅。

直到2018年9月28日，年仅54岁的他换肾手术失败去世，大家才明白他这4年的"反常"与"正常"的背后，承受着怎样的病痛折磨。

而让人心疼的是，11年间他写了19本日记，记录最多的还是工作；他在换肾手术前检查间隙，接连给同事打了13个电话，叮嘱案件细节……

他是李庆军，河南省高级人民法院法官、立案二庭副庭长。2018年10月11日，省高院为李庆军追记个人一等功；12月5日，省高院在全省法院系统开展向李庆军同志学习活动。

2018年12月7日，河南省委书记、省人大常委会主任王国生专门批示："李庆军同志是出彩河南人的代表，是新时代的好典型，要在政法系统和全社会开展学习活动。我们需要像他这样既干净又干事的好干部。"

引子 抽屉里的秘密

2018年的这个国庆节是如期而至的。

2018年的这个国庆节是有别于以往的。

当大街小巷飘扬起动人的中国红时，当上至老叟下到顽童同唱一首歌时，当数以亿计的右手庄重地向着国旗敬礼时，在郑州，在位于建设路的防空兵学院家属院内，女教授马凤实的心情是悲痛欲绝、难以名状、无法诉说的。

她依旧清晰地记得，每年的这个时候，在举国欢庆、万民祝福的日子里，她和她的爱人——河南省高级人民法院立案二庭副庭长李庆军一起，总会心有灵犀地以自己的方式，向祖国母亲送上无限深情的祝福和祈愿。他们会买上几面红艳艳的五星红旗放在客厅的显眼处，插在书桌的笔筒里，或走在街上满眼欢喜地注目着迎风飘扬的五星红旗。那一刻啊，随风而舞的旗帜，哪里是飘扬在高爽的清风里，分明是荡漾在他们的心海里呀！

只因为，他们是在国旗下成长起来的一代忠诚的党的干部。

引子

而今，一切都不同往昔了。

国旗在飘，国歌在响，怔怔地站立在国旗前面的，就只有她自己了。

2018年10月3日，在爱人永久地离开她6天后，马凤实凝视曾经的这些，仍久久沉浸在悲伤中。

窗外，清爽的秋风夹裹着几分凉意吹拂而过，马凤实不觉打了一个寒颤。她这才从回忆中抽身，告诉自己说：今天还有重要的事情要办，她得去爱人所在的工作单位——河南省高级人民法院，整理丈夫生前的遗物。

这必定又是一趟伤心的回忆之路。

"我必须面对，必须坦然面对。"她在心里暗暗给自己鼓劲儿。

一路上，两旁的景物还是那么熟悉，商场超市里还是人来人往、欢声笑语，公园花坛边依旧是老人晒暖儿、孩童玩耍，街道两侧商店也都早早地开门迎客，一切都多么熟悉和美好啊。

马凤实的心，此刻，又像是投入了几颗小石子，涟漪四起。

"啊，这是我们那年买电视机的地方，那是哪一年呢……"

"天热时，我们俩每天吃完晚饭都会在这里走上几圈的，并肩携手、拉着家常……"

"还记得那一次，孩子们喜欢书，他就是在这里给孩子们买的几套精装书……"

......

一件件，一桩桩，记忆像是开了闸的洪水，顷刻间一涌而入。

20多分钟后，车子缓缓驶进省高院大门。

"嫂子，到了哥的单位了，咱们进去吧。"二妹李凤莲带着浓重的哭过的嗓音"叫醒"了嫂子。

马凤实又一恍惚，赶紧擦擦眼角、整整衣服，调整一下心情，走出了车门。

走进办公室，在一阵安慰声中，马凤实和李凤莲等人一起，小心翼翼地推开了李庆军办公室的门。

马凤实细细地打量这个房间，干净的地面，整洁的桌面，肃静的氛围。"嗯，庆军最喜欢这样安静有序的环境了。"她这样想着，已不觉来到了办公桌前。只见一尘不染的桌面上，摆放着厚薄不一，来自全省各地的卷宗，有的是批阅审查过的，有的是还未来得及办理的。

"这样子，是符合庆军的性格和特点的。"马凤实再一次在心里暗想。

她们一起整理着李庆军生前的个人物件：装得下大小卷宗的公文包、备在办公室的一件外套、很少很少使用的旧水杯，等等。

这何止是在收拾物件，这简直就是在撕裂五脏六腑。坚强的马凤实心里十分清楚，再痛再苦，也必须忍着，有泪往眼里

引子

憋,有苦往心里咽。

然而,当办公桌的两个抽屉被拉出来的瞬间,她们还是不禁失声痛哭起来:一个抽屉里整齐有序地摆放着一个一个的药盒,有六味安消胶囊、活性炭滤片等,以及温度计、血压计等。另一个抽屉里则是包装完好还未来得及吃的面包、饼干,以及已经变质的煮鸡蛋、牛奶等。

"这都是我早上在家给他备好的早饭,他都没来得及吃,不知道你哥有多少个早上都没有吃饭?他是怎么硬撑着一上午的呀?"此刻的马凤实再也坚强不起来了,她和二妹不禁抱头痛哭。

最高人民法院党组书记、院长周强为李庆军爱人马凤实颁发荣誉证书和奖章

办公室里，只听见她们撕心裂肺的哭声。秋日的阳光钻过窗棂，稀稀拉拉地照映在这两位饱受苦痛折磨的人身上，似乎也变得伤感起来了。

这一哭，马凤实积攒了多日的苦痛一泄而出了。

这一拉，一个隐藏了五年之久的秘密抽屉，终于向人道出了一个重病患者五年如一日抗击病魔、坚持工作的可歌可泣的感人故事。

第一章
"神秘"的病情，隐瞒的日记

2013年10月18日，周五，案件流水般一件件、一批批报来，这一周共批近60件案件，好像是最忙的审查周。

2014年10月17日，周五，下午批出15件案件，把桌上堆积的案件批完，加班到7：30。

2016年5月14日，周六，中雨，下午到单位，批了30多件案，6时回家。

——李庆军日记

人民法官李庆军

法院里"谜一样"的法官

李庆军生前工作照片

在河南省高院,认识李庆军的同事,感觉到这些年他变了,就像谜一样,让人感觉不可捉摸。

"单位的伙食那么好,为什么他每天风雨无阻,都要赶回去吃午饭?""那么热的天,当大家挥汗如雨、大口喝水的时候,他却很少喝水,偶尔拿起水杯,也就是蜻蜓点水一样,抿

第一章　"神秘"的病情，隐瞒的日记

一小口？""当初胖乎乎的他，为啥这几年日渐消瘦？"……

有人尝试着去解开这个谜，都被他轻描淡写给化解了："身体有点老毛病，不碍事儿。"

很多人也都相信李庆军的身体不碍事儿，因为他的办案量常年在全庭名列前茅。即便在他生命的最后8个月，他的审判团队共结案360件，仅他个人就结案121件，是全庭办案最多的法官。

直到这次换肾手术，李庆军患尿毒症的事情才被同事知悉。

李庆军所在的立案二庭主要负责建设工程、房地产开发等合同纠纷案件，这类案件在民事审判中最为复杂、烦琐。时任立案二庭庭长卜发忠说："2018年9月1日，是个周六，因为百日办案竞赛活动，全体加班，直到晚上六点半下班。第二天上午十点多钟，接到庆军电话说要住院，还说起工作，交代交代案件情况、团队建设等。"

"具体啥情况他也不说，只是说这次请假需要半个月，半个月内不方便联系。"卜发忠说。2018年9月19日，李庆军申请延长病假时，他才从医院开具的证明上知道李庆军说了几年的"老毛病"居然是尿毒症！

让卜发忠记忆深刻的是，2018年9月22日中秋节放假，他和爱人去医院探望李庆军，见面没说几句话，李庆军就把话题扯到了工作上，一再给他说，还有几个二审案件已经合议过，

判决书得抓紧时间写，那几个实在调解不成的就开庭审理，还有哪几个是要复议的。

考虑到李庆军的身体现状，双方爱人也一直劝他不要再谈工作了，可没说两句别的话，李庆军就又开始说工作，说百日竞赛的案件有的需要抓紧办理，实在不能和解就尽快审议等。"那天去看他，我印象中他谈的基本都是工作。"卜发忠感慨地说。

卜发忠一边说一边翻看手机中李庆军打给他的最后几个电话，"这是庆军打给我的最后通话，后面就再没听到过他的声音。"他声音低沉，整个人都沉浸在了往日谈话的一幕幕回忆里。

"由于我俩的办公室紧挨着，下班后也会谈论些生活中的事，比如孩子学习情况等。对于他的病情，我也只是知道些皮毛，直到这次手术才知道如此严重。"卜发忠说。

是的，李庆军的身体不太好，这在河南省高院，早已不是个秘密。但正因为这不是个秘密，才让他又向大家隐藏了一个更大的秘密。他去世的消息传来后，当初他"谜一样的行为"，有了一个大家最难以接受的答案。

"有次，我们合议一个案件一连合议了两天，当他站起来时，他就说一条腿都酸麻得没感觉了。还有一次，他要去医院，说伤口发炎了。我就问他是什么伤口，他支支吾吾含糊其辞地嘿嘿一笑说没什么，不碍事。我也就没再问太多。直到后来，

第一章 "神秘"的病情,隐瞒的日记

我们也只是知道他有肾炎,谁能想到会是这么严重的病。他体重最重时有一百六七十斤,后来却瘦得皮包骨头。你说,他得有多大的毅力自己扛着就是不说。"卜发忠无限遗憾地说。

立案二庭综合组邓青林回忆说:"2015年李庆军曾住院一次,当时入住的科室是肾病科。但大家并不清楚具体情况,李庆军也从不向人说起。有时候感觉他人瘦了,就问他原因,他总是轻描淡写地就支吾过去了。"

"我和李庭长在一个办公室工作,但平时工作都很忙。李庭长不是在接电话,就是在看卷宗,要不就是要去开庭,很少看到他有不舒服的时候。李庭长喝水比较少,即使喝也只是抿一小口,湿润湿润嘴唇。我有时还问他喝不喝菊花茶,他说他不喜欢喝茶。我可能也不细心,但李庭长给人的感觉就是根本没有什么事,说起工作来,他往往比我们更来精神。谁又能想到背后这些事呢。还有他写的19本日记,我也从来不知道,他用的都是这种黑皮本,所以根本就看不出来,还以为他在写东西做记录。"立案二庭书记员豆中银说起李庆军的事,感到懊恼和遗憾。

立案二庭王峰至今还记得最后一次见到李庆军的情景:"因为不在一个楼上工作,见面也就少,那时候,天还很热,都穿着短袖。我那天因为一个案子来向李庭长汇报,当时的他,皮肤很是松弛,脸浮肿,和之前比也瘦了很多,但很有精神。我

当时也不好问太多,后来才知道情况,真不知道他用多大的毅力在坚持工作。"

第一章 "神秘"的病情，隐瞒的日记

病床上，念念不忘的还是工作

2018年9月2日上午，李庆军躺在病床上，一边做换肾手术前的检查和透析，一边接连给同事打了13个电话，全是关于工作的。李庆军的助理、书记员豆中银从手机中找到了李庆军在手术前打给他的两次电话记录，分别显示为：2018年9月2日上午10点59分和11点30分。"李庭长第一次给我打电话说了4分钟多，第二次说了5分钟多，全是交代工作和近期几个主要案件办理情况。"他说。

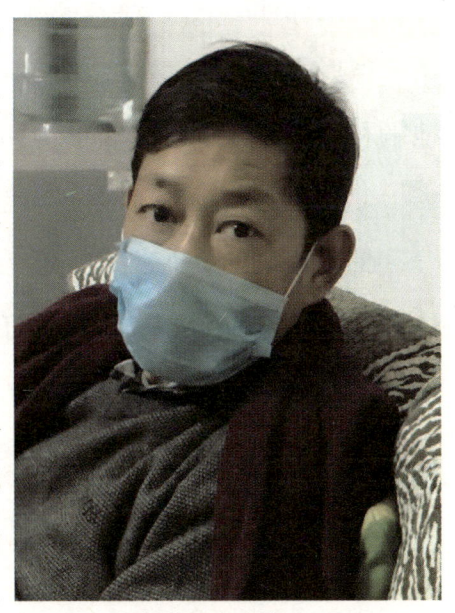

李庆军在病床上

同样接到这样电话的还有王卫霞："2018年9月2日那天上午12点多，李庭长给我打电话说是要住院，让我把没有完成的案件找另一个法官处理，那些合议过的该收尾的赶紧收尾，该签字的等他出院回来后再签审。他是工作到最后一刻钟的。"

李庆军去世后，卜发忠经常会走进他那简陋的办公室看看，于他而言，李庆军是工作中的好搭档，也是生活中的好朋友。有时候他会在椅子上坐下来，希望能看见李庆军轻轻推门走进来，脸上依然是那常年挂着的笑容。

李庆军的办公室位于立案大楼505房间，不大的办公室里陈设甚是简陋，除了办公桌和一个书架外，靠墙摆放的是一摞又一摞厚薄不一的卷宗，整整齐齐地挨墙摆了一排，它们安静地躺着，等待着有人去翻阅去审签。而今，卷宗仍在，人却远去了，倘若纸张有情，假如案卷能言，恐怕也会啜泣低诉了。

在办公桌的一个斜角，坐在椅子上抬头便能看到的斜角，仍然安安稳稳地放着一个标注有廉政亲情寄语的相框，用黑笔写就的八个大字"廉洁办案，平安一生"依然字迹清楚、遒劲有力。秋日的阳光斜穿过层层叠叠的树叶映照在这几个字上，微微地闪耀着，似乎也被这份情怀感染和打动了，久久地不愿离去。

是啊，这里——河南省高院，是李庆军工作了几十年的地方，是他一生中最深情挚爱、寄予着他人生理想和人生价值的地方，而今，却不得不忍痛离去。这怎能不让人感伤呢？

作家史铁生在《病隙碎笔》中这样写道："幸亏写作可以这样，否则他轮椅下的路早也就走完了。"有很多人问过我：

第一章 "神秘"的病情，隐瞒的日记

"史铁生从二十岁就困在屋子里，他哪儿来那么多可写的？"借此机会我也算做出回答："白昼的清晰是有限的，黑夜却漫长，尤其那心流所遭遇的黑暗更是辽阔无边。"

是啊，支撑史铁生的，是他挚爱的写作，是他在写作中情感的充分流露和精神的自由。那么支撑李庆军在病痛折磨中，一如既往地进行正常工作的，是他对这份工作的热爱和对司法正义的追求。

"他心里装着的都是工作，他对自己的病情一向是很积极乐观的，就在手术前我去看望他时，他还很高兴地对我说，等他出院了，有些难度大的案件还让他自己去处理，因为他比其他人更了解案情。"卜发忠说。

这就是李庆军工作的日常，他时时刻刻把工作装在心中，随时随地想到的都是工作，就像他常常讲给身边人的那句话："尽心尽力做好本职工作，是热爱工作的最起码表现。"

有一次，李庆军赶往河南永城法院开庭审理案件，从下午到达开始一直审理到晚上9点多钟，又于次日凌晨5点返回郑州，按时赶到单位上班。

为什么我的眼中常含热泪？因为我对这份工作爱得深沉。作为一名忠实的法律工作者，李庆军对他的工作、对他的单位也有这样一份深情。

立案二庭法官助理王卫霞记得：2015年，李庆军在郑大一

附院住院期间，她和另外几个人一起，每隔两三天就会抱上厚厚的一摞卷宗跑去医院，交给李庆军把关审签。

"我一次一般会抱二三十个卷宗，两天后再抱一摞新的，去医院换取审签完的卷宗。他审签得特别认真，不光是把关相关案卷审理结果是否正确无误，还对文书书写、卷宗整理等一一进行检查，并提出修改意见和要求。真不知道李庭长忍受了多少病痛的折磨？是什么支撑着他有如此坚强的精神劲头？"王卫霞很是感慨，那段日子，她从李庆军身上感受到了一种坚持的力量。

第一章 "神秘"的病情，隐瞒的日记

走进人心底的"普通人"

你们要注意休息，别把身体累垮了，我能做的我就做了。
——李庆军日记

在同事们眼中，李庆军虽然是执法者，但首先更是个仁爱者、爱人者。

曾任李庆军助理的王峰至今都清楚地记得，自己刚刚来到省高院时有种种不适和迷茫。他说，李庆军是他认识的第一位领导，更准确地说是他人生路上的良师益友，是在人生十字路口给他带来光亮的指路明灯。2013年，王峰从基层法院考入省高级人民法院，初来乍到，面对案件多、案情复杂、专业知

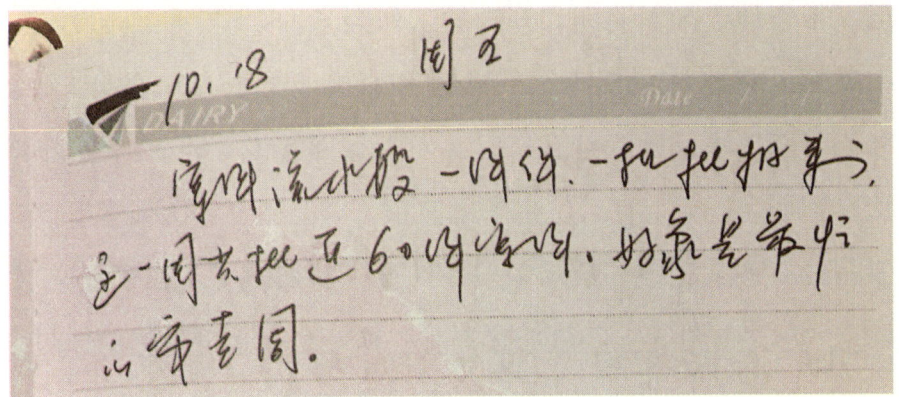

李庆军的 19 本日记

识欠缺等种种困难，王峰感觉心理压力巨大，前路迷茫一片，甚至一度生出打退堂鼓的念头。有一次，他和李庆军一起参加一个培训会而且同住一个房间。就是在这次培训期间，李庆军耐心做他的思想工作，不厌其烦地开导他，劝慰他，鼓励他放下思想包袱，端正心态，虚心学习。这些话化解了他心里的阴云，带领他走向了明朗和开阔的工作殿堂。

王卫霞也是在李庆军的熏陶和影响下成长起来的年轻人才。当李庆军问她为什么来时，王卫霞回答说人要有追求。李庆军当即勉励她，有人生追求固然很好，但还要经历很多磨炼。于是他有意栽培她，鼓励她多多发言，多加锻炼。在审签文书时，他总是一丝不苟，认认真真，对每一个标点符号都不放过，所以王卫霞在送文书之前都要看上很多次，以确保准确无误。正是在李庆军多方面的鼓励和帮助下，王卫霞进步明显，各项工作都有了很大提高。

王沙沙在接受采访时，不止一次地流下泪来。是她泪点太低吗？是她太多愁善感吗？或许是吧！但对于任何一个曾目睹并亲身感受过李庆军关爱的人来说，谁能不潸然泪下呢？

王沙沙介绍说："我的结婚仪式就是李庭长主持的，他是我们女方家的主婚人。我到现在都很清楚地记得那个画面，那个时候，李庭长是多么精神，他可是我和我爱人婚姻幸福的见证人啊。后来，我怀孕了，李庭长总是很关心我；休完产假上班后，我经常加班，他总是对我说千万别把身体累垮了，他能做的他就做了。下班后，他还经常把我送回家后才回家。这些小事记在我心里，是温暖我一辈子的事。"

王沙沙的话感染了在场的每一个人。"当我们听到噩耗时，我和办公室的两个男同事都忍不住哭了起来。"王沙沙说着，眼泪再一次滚落。

李庆军的同事黄爱玲告诉我们，她有一次在单位楼下碰到李庆军。当时的李庆军十分高兴，整个人从内到外都洋溢着一种难以抑制的激动。"当时我就问他怎么这么高兴呀？他回答说儿子考上大学了，学的是法律专业。我能很强烈地感受到，当他说到儿子学习法律专业时的那种发自内心的自豪。"

黄爱玲是十分敬佩李庆军的，作为老乡和同事，她始终把李庆军作为榜样和模范来看待。她在事后和她的朋友说起李庆军时，朋友们都交口称赞，黄爱玲说："如果有一天你们能像评价李庆军一样去评价我，那我也就心满意足了。"

这是一种多么低调的要求，这又是一种高到难以衡量的标准，这也正是一个普通人能够让人时刻牢记在心的最难得和最宝贵的一面。

李庆军的同事王永伟这样评价李庆军："他就是一个普通人，做了普通的工作，他实在没有什么了不起的大事可写。他也是我们这些平凡人、平常人的代表，是底线很高的人。"

第一章 "神秘"的病情，隐瞒的日记

最艰难的抉择

我不想让亲人为我的身体担忧，给他人带来精神压力，我尽可能弱化自己的病情……我仍然想像常人一样享受美好的生活，继续干工作。

——李庆军日记

在李庆军的家里，有一个总是紧紧关着门的房间，这是他在家里的一处独有房间。

这个房间也曾让他的众多亲朋好奇不解。李庆军的二妹李凤莲回忆说，她嫂子和李庆军结婚后每年回娘家都要住在家里，然而从前几年开始换成了住酒店。"我曾问过我嫂子为什么不住家呢？嫂子总说住酒店方便，我虽然不再说什么，但心里还是疑惑不解，直到我哥走了才明白是每天要做透析，住在家里怕我们知道了担心。我哥就是这么一个处处为别人着想的人，从没有把'我'字放在前头。我嫂子家主卧的那扇门总是关着，对我们来说真的很神秘。我嫂子总说你哥在里面打工作电话审理案宗，我从没有想过哥是在里面做腹膜透析，因为每次哥从卧室出来时脸上都洋溢着温暖的笑容。哥走后，整理他的办公

全家福

室才知道他11年坚持写日记,一天不拉。他留下了19本生活日记和若干本案件审签登记簿、若干本开庭会议记录,并且他的日记里写的最多的还是工作。我们一个正常人都坚持不了的,我哥一个病人却做到了,这得有多大的恒心和毅力啊!"

李庆军在生活上,还有一个不被他人理解之处,从单位到家,近20公里的路程,他4年如一日地天天中午赶回家吃饭,没有一天间断过。

马凤实的亲弟弟马新彤好几次来到姐姐家,都会很不解地问:"姐,我姐夫一个人紧关着门在屋里干啥呢?"

第一章 "神秘"的病情，隐瞒的日记

"啊，他呀，血压有点高，躺会儿，一会儿就好了。"马凤实总是用这样的借口来搪塞弟弟。

李庆军的发小翟立新直到李庆军病危时才恍然大悟，藏在他心头的一个疑问才豁然开朗："有一年，我和老家一个朋友来郑州找庆军，正好赶到饭点到他单位门口，他们就让庆军下来一块吃碗面。谁知道，庆军下楼后，和他们梳理了一下案情，就又坚决地回了单位，还因为不能陪同我们两人吃饭表示歉意，一会儿还又给我发了个微信红包，说是他请客。我当时也很不理解，我那个朋友更不理解，说李庆军怎么这样，大老远地赶过来，就这么不留情面。"

邻居彭迪也一直被蒙在鼓里，因为懂医学，有一段时间，他负责给李庆军打针，但打得是什么针，李庆军不说，他也不好意思问，只管打，打完就走。他爱人也好奇问他："庆军怎么看着突然就胖了？""可能是吃激素了吧？"彭迪这样打趣。他还不止一次地向李庆军开玩笑："你们单位的伙食不好吗？这么大老远的，你还天天回家吃午饭？"

"这个时候，庆军总是嘿嘿地笑，不说什么走开了。"彭迪回忆说。

就连他的父母也对此事毫不知情。李庆军的大妹李香莲介绍说，有一次，她母亲隔着窗户模模糊糊地看到大哥手里拿着个装水的袋子，就问他是在干啥。李香莲心里猛地一惊，又赶

忙装作若无其事的样子，强装欢笑地用各种借口搪塞了过去。

李庆军的病，除了他的妻子，他的两个妹妹、一个弟弟，其他人基本毫不知情。"他也不是觉得生这种病有啥不好开口的，他只是觉得病是自己的，不应该让更多关心他的亲人都跟着揪心、伤心、担心。那样他会更加心里不安的。"马凤实说。

李庆军的好朋友高波到现在都很难相信眼前的事实："那天，接到郑州打来的第一个电话时，我根本就不相信。片刻后，就又接到一个电话，我这才半信半疑。庆军身体好好的，即使说有病，不也就是高血压吗，我始终不知道他这4年来承受的是这么大的病痛。"

妹夫王广政说，直到2015年春天，他才知道李庆军病情的严重。那年春天，李庆军要到重庆出差，因为飞机上不让带液体，让在重庆的他帮忙到医院买两箱腹膜透析液。他于是在第四军医大学附属医院买药时顺便问医生，什么样的病才用这种药，医生告诉他是尿毒症。

从2014年患病起，单位几乎没有人知道他身患重病这件事。

直到这次做手术，李庆军也只是在请假中说是个小手术，因此请了两个星期的假。后来手术过后，因为病情有变，他才又不得不补请了三个月假期。也就是请假时开具的医院证明，才彻底向单位全体人员揭开了一个隐藏了4年之久的"惊人秘密"。

第一章 "神秘"的病情，隐瞒的日记

原来，从2014年起，李庆军便患上了严重的肾病。在医院给出的腹透、血透、肾脏移植三种治疗手段前，因为考虑到虽效果较好但血透占用时间长、必须去医院做等原因，为不耽误工作，做到治病和工作两不耽误，他选择了进行腹透。然而，医生告诫，腹透必须有较好的环境，院方对他们家里进行严格的测试后，结果显示符合卫生要求。然而，医生一再告诫，腹透要求病人必须有超乎寻常的自控力和意志力，腹透要求每四个小时做一次，一次需半个小时甚至更长时间，一天最少做四次。同时，让很多人倍感艰难的是，腹透对一日三餐饮食有严格控制。

在和家人进行了深入的沟通交流后，李庆军毅然选择了腹透。

事实上，在日复一日的重复中，李庆军确实是在用非一般的毅力与病魔进行着最顽强的抗争。

在李庆军家里，他的妻子马凤实带我们走进这间有点神秘的房间：干净整洁的地板、一尘不染的家具，特定的设备紫外线灯、培养箱、加热袋等一应俱全，靠墙摆放的是十几箱还没来得及使用的腹透液，床头柜的抽屉里放满了各类药品盒。输液架上还高高地悬挂着他们一起在端午节那天买回来的香囊。床头摆放着几张合影，照片上的李庆军精神十足、容光焕发，丝毫看不出是病人。

马凤实介绍说，每天早上六点钟李庆军起床后，要做的第一件事就是进行腹透，不顺利时要做到四十分钟乃至五十分钟，来不及在家吃早饭时，她就用专门的保温袋，把鸡蛋、面包、牛奶等打包，让他带到单位吃，但很多时候，他到单位时已经根本没有时间再去吃饭，它们就这样被永久地藏在了办公桌抽屉里。中午回家后他要再做一次腹透，经常是做着做着人就睡着了，下午下班到晚上睡前还要做两次。

"每次外出或出差，我都是他的贴身护士，他走到哪里我就跟到哪里，我要负责搬运至少一箱几十斤重的腹透液，还要背上装有各种必需品的两三个大包，同时我还负责打针。刚开始是让邻居彭迪给他打，时间长了，我就跟着学会了，现在我打针可以说已经是专业护士级别了。"马凤实说，"这个病，庆军从不愿跟人提起，倒不是说这病有多可怕，而是他觉得，不愿意让关心他的亲朋好友为他担惊受怕，为他操心。他总是这样替人考虑很多。"

在饮食上，李庆军的生活也需要处处小心、时时留意。"他不能多吃盐，不能多喝水，所以我们俩吃饭时基本不熬粥，我的一日三餐也慢慢地跟他越来越同步。特别是在夏天，我从不在他面前咕咚咚地大口喝水。他自己也一直坚持得很好，比如他最爱吃杨桃，从2014年开始，就没有再吃过一口。他一直在积极乐观地治病，对工作和日后的生活一直都抱有很美好的信念。"马凤实说起爱人，眼神里流露出无限深情。

李凤莲回忆哥哥时说："在这次手术住院时，一个做了血透的病友就很不理解我哥，他说做血透多好，虽然占用时间多，要上医院做，但是想吃啥就吃啥，总能少受点罪。可是我哥倒好，为了能边治疗边继续按时上班，硬是选择了腹透这个超强难度的治疗手段。"

渴了不能大口喝水，饿了不能想吃就吃，看到自己喜欢的美食也得克制再克制，这些在常人看来难以克服的心理欲望，李庆军也做到了。

然而，面对一成不变的生活，李庆军也难免有过无奈和不解。他的弟弟李庆强说："我哥其实有时也很脆弱，有一次，他给我和两个姐姐打电话时哭了，这可是他第一次在我们面前流泪。平时都是他关心挂念我们，没有想到我哥自己一个人在心里背负了那么多。"

男儿有泪不轻弹，只因未到伤心处。李庆军也是个平凡的人，也许天长日久的烦琐的病情料理，也会在某个时刻触及他心灵柔弱的一面，他可能也有过无奈，有过叹息，有过不甘心。

真正的勇者不是没有眼泪，而是能够含着眼泪向前跑。

是的，李庆军是个凡人，他也有眼泪，但他更明白，擦干眼泪，向前看，才是生活的唯一出路。

人民法官李庆军

最后一次腹透

2018年7月31日，写文书。伤口发炎，北大医院电话让继续输消炎药左氧氟沙星，晚上去输。近日晚上总失眠，半夜不睡。

2018年9月1日，上午加班写文书，合议案件。

——李庆军日记

"4年来，庆军每天早上必须6点钟起床，做一天当中的第一次透析，上午下班回家做第二次透析，下午下班回家以后做第三次，一直到晚上11点多做第四次透析。"马凤实说。正常情况下，透析是半个多小时，但如果不顺利，要一个多小时，肚子又疼又胀。

4年来，无数次的腹膜透析，李庆军一个人默默地做，除了最亲近的妻子，几乎就没有人从头到尾原原本本地看到过他进行腹膜透析的全过程。

直到2018年9月2日，他进行肾移植的当天，在医院的病房里，迫于无奈，李庆军才不得不在众人面前全程"曝光"了他的生命必修课。

第一章 "神秘"的病情，隐瞒的日记

下午1点50分左右，在医院的病房内，李庆军像往常一样开始熟悉的"工作"：他戴上老花镜，扶正了，先是把一个重有两公斤的透析液放到专用的加热袋里，当加热至适合人体的温度时取下来挂在身旁的输液架上，紧接着，戴上专用手套，把输液管子小心地放到无菌箱中和身体上的接口进行对接。整个流程做下来，他是那么熟练和认真，要知道，这样的动作他已经重复了无数次，早已是轻车熟路、得心应手了。而这一次，是他进行肾移植前的最后一次腹膜透析，做完这次，他就可以彻底和这些手套、无菌箱等告别了，所以李庆军看上去情绪有些激动。

几分钟后，就见输液架上悬挂着的透析液一点一点地流进身体，下面袋子里泛黄的类似尿液的液体一点一点地增多。他一会儿看看上面流入的液体有多少，一会儿又低头瞧瞧地上袋子里的液体有多少。突然，电话响了，他就腾出一只手来接电话，另一只手继续做腹透。

2点20分左右，两公斤的腹透液流完了最后一滴，地上的袋里也刚好排满两公斤，一个过程的腹透才就此做完。2点30分左右，他被推进了手术室。

就在生命的最后一刻，李庆军也没有放弃他挚爱的工作。"我哥9月2号下午手术，9月9号那天，我隔着病房门玻璃看到他躺在病床上在接一个电话，电话打了好长时间。当时，我是看在眼里，急在心里，因为他当时身体极度虚弱无力，仍处在专职护工护理、不让家属看护的高危监护期。下午我进去探视时，生气地对他说：'哥，医生不让接打电话，你有多大的事打了那么长时间的电话。'我哥看了看我说：'没事的，是咱村战胜的电话，凡是打电话问事的都是遇到了困难才想着咱的，我不就是懂个法吗？能帮一把就帮一把吧……'我翻看了一下手机，通话时间足足9分24秒。我不知道当时他是提着多大的劲去倾听、去分析、去解释的！"李凤莲说。

2018年9月1日，周六，18时30分，河南省高院签到机上留下了他的影像，这与他平时离开的时间差不多。然而，这成了李庆军最后一次下班"留影"。

当他逝世的噩耗传到家乡，家乡人都震惊了，他们不能接受这个残酷的事实，也始终不愿相信眼前的一切。他的邻居、70多岁的老辈人翟明堂强忍悲痛，在老家组织乡邻，亲自掏钱买了花圈等入葬品，要最后一次送送这个让他尊敬的晚辈人。

2018年11月7日，在邵原一中安静的校园内，翟明堂一行人自发地再次向李庆军默哀致敬，他们站在高高飘扬的红旗下，向着东方，向着李庆军的灵魂所在地，深深鞠躬……

第二章
法律的底线和天平

把关要把严,不同审级有不同审级的职责、任务,办好案,是对自己最好的保护,对法律负责,对当事人负责,也是对自己负责。

我一个农家子弟能从大山里出来上大学,又当上省高院的法官,很光荣也很幸运。人要懂得感恩,我除了办案没有别的本事,必须认真负责地办好每个案件。

——李庆军日记

"三不伸手"法官

开庭现场

1993年进入省高院工作后,李庆军先后在民事审判庭、审判监督庭、赔偿委员会办公室、立案二庭工作,从书记员到带领审判团队的副庭长,无论在哪个岗位,他都兢兢业业、严谨负责。领导们说:"不管啥案子,交给庆军都放心。"

有什么样的领导,就有什么样的团队。李庆军所带领的团队也一直是不甘落后，他的团队最多时达到5个法官和几个助理，相应地所负责案件就多，但他硬是凭着专业的法律知识和勤勉的工作态度，很好地完成了各项工作。

默默地把该做的事说到做到，把分内的事做实做好，在李庆军看来，这都是再自然不过的。而在荣誉和利益面前不争不抢、淡然面对，也是他多年来习以为常的做人之道。2018年上半年绩效考核时，卜发忠根据大家的办案情况，打算报李庆军为"优秀"，却被他婉拒了，他说把机会给更需要的年轻人吧，激励他们更好地工作。

在荣誉成绩面前，不争不抢，把一切看得平平淡淡，这是李庆军的个性，也正是因为此，我们在采访中发现，尽管在专业知识上，李庆军是一把多面手，先后历经不同职位不同部门，他却没有过多荣誉，没有太多证书，没有可以一说出来就惊动一片的大成绩。但每一个认识他的法院同事都知道，他有一颗炙热的心，有一种装得下别人冷暖却又不给他人增添麻烦的善解人意的仁慈和大爱。

赔偿办主任周志刚当时和李庆军同一年进的省高院。他评价李庆军："三不伸手"法官，一是不向领导伸手，工作中从不挑肥拣瘦。他带的办案团队人员最多，案件也分得最多，每个案件他都参与研究审理，工作如此繁重，他从没有提过要减少案件。二是不向当事人伸手。有济源老乡大老远专程跑来找他办事，他总是先自掏腰包请吃饭，然后认真看带来的材料，没理的就解释清楚让人家回去，有理的就建议走法律程序。三是不向同事朋友伸手。他有着坚韧要强的性格，总是想着为别人做点事，但要让他向别人张口，他做不到。

在一篇日记里，李庆军写道："XXX夫妇一上班就来，一是催问案件，二是表达想请客，并让看了报纸包着的一沓钱，表示今天来确有请客诚意，被我坚决拒绝。我说，案子办完后，如果还认我，我请你或你们请我都可以，现在我请你们吃饭都违反纪律。"

法律和人情就像是天平的两端，如何做到平衡是考验一个法律工作者，乃至一个法官最起码的要求和标准。

李庆军始终牢记着法律的神圣不可侵犯，他常说的一句话就是："只要案件办得没问题，就不会有什么问题，就不用担心信访。"

不办人情案，是他工作的基本原则和一贯要求。曾有一个许昌的台属案件，先是发回重审，几次反复，李庆军从不倾斜这个天平，牢记法律神圣这一宗旨，秉公办理，做到公私分明，案件有理有据，掷地有声。

第二章　法律的底线和天平

一个被理解了的"抱怨"

李庆军的同窗好友，曾任李庆军弟弟李军社高中班主任的侯怀乐，提起李庆军是既佩服又感动，但还有那么一点点的不悦。

他认识的李庆军是一个大好人，忠厚，善良，处处为他人着想。

上高中住校时，寒冬腊月的天，天寒地冻，滴水成冰，不到早上起床的最后一刻，谁都不会出被窝。可和李庆军一个宿舍的几个同学虽不能说有多愿意起床，却也不显得极度困难。

原来，当他们还在睡梦中时，李庆军就早已先他们起来了。他总是先"伺候伺候"煤火炉子，看看火苗还旺不旺，有没有熄灭，然后再换换炉火，拔开炉塞，让炉火烧起来，好让同学们起床后烤馍吃，也给宿舍里增加些暖和气儿。就这样，住校的几年里，和李庆军一个宿舍的同学每天清晨都能在寒气逼人的冰冷中感受到炉火的热气，都或多或少地享受着冬日里难得的一丝温暖。

"他可是历史课代表,但他却把劳动委员该干的事都承包了。"同学们总是这样打趣。

"庆军这个人什么都好,就是有点太不给情面。"侯怀乐话题一转,道出了一件让他颜面尽失的事情:

2005年,侯怀乐有事找到李庆军,请他帮忙解决一件自己侄子承包盖房发生事故的案子。"我当时就想,凭我和庆军的关系,他应该能帮忙。再说,我作为他弟弟的班主任,三年来在他的学习生活中操碎了心,他总不能不给我这个面子。"侯怀乐信心满满地安慰自己。

他于是在那天先与李庆军取得联系,约第二天两人见面。没想到李庆军一看完案卷,就直截了当、异常严肃地对他说:"我们是好友,但案子是案子,受害者就是受害者,我不能干涉。"侯怀乐一听,有些蒙了,他万万没想到李庆军会这么干净利落、不给情面。

"你弟弟在我班上学习,我是怎么操心的,你却一点也不通融。"侯怀乐很是失望,只得闷闷不乐地回去了。

"实际上,我也很理解庆军的做事风格,知道他的原则和立场,但一想到他这么不给面子,心里当时还是有那么点不痛快。不过,事实也正如他当初给我指出的路子一样,努力调解,争取取得对方谅解,是解决事情的最好办法。"侯怀乐说,他是十分理解李庆军的做法的,他从内心深处是敬佩李庆军的。

第二章 法律的底线和天平

李庆军的好友李国刚有一次因为自己医院的一件医疗纠纷找到他帮忙,结果也是被李庆军的耐心讲解、动情说理给说服了。李庆军曾这样说:"我也很想帮助我的亲人朋友,但我不能为了私情去干涉司法。"

人民法官李庆军

对妹妹和父亲，也"不讲情面"

平安一生，是家人最高的希望，也是最低的要求。做到了廉洁办案，才能平安一生，要想得到一生平安，也就不能有私心，生贪念，不能以案件做交易，拿公正换利益……其实个人、家庭能过上安宁、踏实的生活，何尝不是一种幸福。

——李庆军日记

不止是友情，在李庆军看来，亲情也超越不了法理。

李庆军幼时家贫，他上高中的时候，小他两岁的大妹李香莲也已读到了初中二年级，小他七岁的二妹李凤莲已上小学。同时供养三个孩子，家里实在是很吃力，再加上农活无人照应，为了给父母减轻负担，大妹李香莲坚决地放弃了自己的学业回家务农，地里活儿、家里活儿全靠她，就这样成了父母的依靠和全家的支柱，用勤劳的双手没日没夜地辛苦劳作，供哥哥、妹妹、弟弟先后读书上学。

这种情分是李庆军一生都无以回报和心有愧疚的。

"在病重的日子里，他在一次打给我的电话中说：'香莲呀，哥这辈子最对不住的就是你，你有事找哥时，哥也没能帮上忙，

第二章 法律的底线和天平

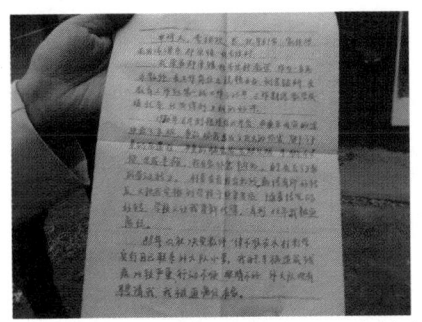 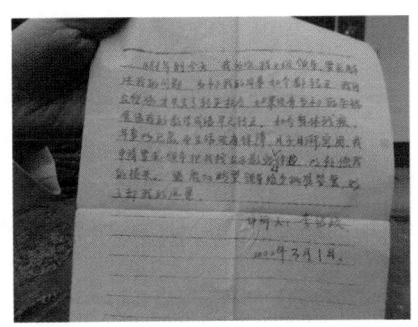

儿子李庆军不帮忙,父亲就自己写信反映自己受到的不公待遇。

哥对不住你!'那一次,我听到我哥这么说,我简直心都碎了,我说:'你是我亲哥呀,你没有对不住我。那件事,我不怪你,你不能因为我而置法纪于不顾。我理解你,哥。'"李香莲说到这里,已经是泪如雨下了。

这究竟是件什么事呢?原来,李香莲在农村老家承包了十几亩地,因为部分被征用,在赔付方面发生纠纷。此时的李庆军已经在省高院工作,她心想只是让哥哥捎个话,自己官司的进展可能会更快些。谁知,当她把情况向哥哥说明后,哥哥只是详细地帮她梳理案情,讲解法规政策,还告诉她要打官司只管自己打,不管走到哪里都不能提李庆军是她哥哥这层关系。

"就这件事,后来庆军还给我说,要不咱们给香莲点经济补偿吧!"妻子马凤实回忆说。

一个奉公守法的好干部,却是一个在亲人眼里"不办事"的"冷"面孔。

李庆军年迈的老父亲,至今都不能提起那件事,一说起来,他就会责怪这个耿直憨厚的儿子，责怪他"不办事"。

李庆军的两个妹妹，以及两个好朋友高波和翟立新回忆说，李庆军的父亲曾发生过车祸，虽然休养一段后身体有所好转，但根据当时规定，本村老师不能在本村任教，必须调往别的村子去教学。庆军他们担心父亲身体，就没有同意他再去教学。恰巧后来，也就是1997年前后时期，国家开始大规模民办教师转正。他父亲因为身体伤病中间断档，这就没有进行转正。就这件事，老父亲后来想让儿子给说道说道，向上反映反映，都被他以别给政府找麻烦为借口推托了。这一推，就永不再提起了。

"每年春节，公公婆婆来郑州时，我们都不敢提这件事，只要一说起来，公公就指责他这个儿子。甚至，他从不在家里提单位的事儿。"马凤实补充说。

这样的事情说起来有一箩筐。

从他的堂妹夫刘宁军那里得知，他作为妹夫，除了生活上的来往，涉及法律法规的事，他只向李庆军提起过两件事。一次是，2012年，他买到了问题食品（其实也不能算是很严重的事），想为自身维权，就来到李庆军家，想让哥哥帮忙。李庆军得知事情后，不但没有给予额外的帮助，反而耐心地开导刘宁军，动之以情，晓之以理，直到刘宁军打消找他帮忙的念头。还有一次，刘宁军一个关系很铁的同学闹离婚，为了要回

第二章 法律的底线和天平

孩子，这个人找到刘宁军，请他求李庆军帮忙。刘宁军于是"大姑娘坐轿"——头一回赶到李庆军工作单位。详细了解情况后，他得到的李庆军的回复是：第一，这件事情李庆军不便出面；第二，虽在法院工作，但不能干预基层法院的司法公正。

碰了一鼻子灰的刘宁军，从此再不去找大哥办这样的事了。他知道，大哥的为人处世、办事风格，真的是"两袖清风"。相反地，他总是有空就向大哥学习相关法律法规，以便更好地做好本职工作。

李庆军的表哥李继贤也曾向他开过口，想让他帮忙解决一些经济上的纠纷案，但李庆军平静地从法律的层面向他讲解相关法律法规，规劝他无论什么时候，都要相信司法公正，只要走合法的程序，敬畏法律，法律终究会还他公道。

作为一个儿子、一个大哥，李庆军在很多私人的事情上，或许是有"负"于亲人朋友的。

作为一个法官，李庆军在涉及法律公平公正的大事小情上，又是公正无私、奉公律己的。

在河南省高院开展的"亲情寄语"活动中，妻子给李庆军写了八个字："廉洁办案，平安一生。"对此，他在日记中专门写下感言："平安一生，是家人最高的希望，也是最低的要求。做到了廉洁办案，才能平安一生，要想得到一生平安，也就不能有私心，生贪念，不能以案件做交易，拿公正换利益。夫人的期望很朴实,很简单,没有说教,没有作秀,也没有大道理。其实个人、家庭能过上安宁、踏实的生活,何尝不是一种幸福。"

第二章 法律的底线和天平

以一颗真心融化"坚冰"

法与情从来不是矛盾的,不是相悖而行的,而是和谐并进的。一个好的法律工作者,首先要做到的便是有一颗宽容善良的心,有一份化万千矛盾于一团和气的爱的情怀。

李庆军,这个从大山里走出来的中年男子,正是秉承了他一贯的与人为善的风格,才在法律这个硬邦邦的田野上撒播了雨露芬芳,一路春色。

李庆军的同事黄爱玲法官讲述了这样一件让她刻骨铭心的事情。

在她办理的一件再审案件中,有一个来自商丘的年轻人,为了争夺父亲留下的一套房产,不顾年迈的老母亲,多次上访和母亲打官司。有一次,这个年轻人又一次来到她办公室要求开庭审理。让黄爱玲感到不可思议的是,他居然怀抱着他已故父亲的骨灰盒。黄爱玲不觉气从中来,对眼前的这个年轻人更是反感。李庆军知道情况后,不仅没有生气,反而告诉黄爱玲说:"不管来的是什么样的信访当事人,我们作为维持一方公正的法官，都应该认真对待，认真履行法官的职责。"后来，他又详细了解了案情，从人情、法律等方面耐心细致地做当事人的思想工作。黄爱玲过后还不停地感慨，甚至有几分不解：李庭长究竟有多大的耐心，去对待这样一个不懂人情的不孝之子。

最终，这个案子还是到了开庭审理的地步。我记得当时我和李庭长是到当地开的庭，从下午3点多到地方开庭，一直持续到晚上9点多钟。我当时还几次劝李庭长中间休庭休息休息，可是他坚持着开到最后。后来，他还一而再，再而三地做当事人的劝解工作。最后，当事人和他母亲对判决都很满意，虽然是个官司，却得到了温情的解决。这不能不说，是李庭长热心的劝解和春风化雨般的真诚融化了这对母子间的"坚冰"，弥补了他们的间隙，拉近了母子感情。事后，李庭长就经常给我们讲，他说的最多的一句话就是："法院的工作是审理案子，是秉公执法，但法院的功能还应进一步发挥，做好当事人的心理疏导，是缓和一切矛盾的基础和核心。"黄爱玲说起这件事，仍不住地称赞李庆军这种化干戈为玉帛的"柔情"执法。

现在河南省高院赔偿办工作的王沙沙也讲了一件事情。2012年安阳的一个案件，因为案情复杂、当事人情绪激动等原因，先后经过6次审理，后来在李庆军"刚柔并济"，一方面反复讲法律，一方面耐心做劝解的执法方法下，终于得到圆满解决。"我们要爱护下级基层法院，对当事人的权利要给予充分保护。"李庆军常这样说。

做信访工作，最难的不在于案情有多复杂，更多的则是信访当事人的自身文化水平的偏低和无理取闹。

所谓："秀才遇上兵，有理说不清。"正是如此。

肖贺伟是个有着丰富办案经验的法官，但他却说，他远没有李庆军办案的超强大的耐心。他坦言，在面对文化水平、自身素质高的当事人时，他从来都是信心十足，只要耐心向当事人讲解法律，讲透精神，和当事人摆事实、讲法律、说道理，事情总能得到圆满解决。让他倍感头疼的是，在信访案件高发的这几年里，面对那些文化水平低的信访当事人，肖贺伟感觉压力巨大。这个时候，李庆军总是认真地开导肖贺伟，教会他在面对信访人时要耐心地做好倾听工作，多让当事人说，甚至学会主动预约当事人，或者主动上门，做好解释倾听工作，缓解信访当事人的焦躁、愤怒情绪，让司法工作真正做到走进人民、服务人民、造福人民，从而实现一名法官爱国、爱党、爱民的赤子情怀，以一言一行全力维护法律的公平公正，进一步推进国家司法建设和完善。

2017年7月，一个信访当事人因情绪过于激动在河南省高院大吵大闹，并欲跳楼，后来因无理滋事被带往当地派出所。得知这一情况，李庆军应院领导要求，带领相关人员第一时间赶到派出所，进一步详细了解案件详情，耐心做当事人的思想工作,晓之以理,动之以情,苦口婆心地进行劝慰,安抚当事人情绪,最终缓和了矛盾。李庆军就是这样,将司法公正公平的宗旨和目标融入每一个当事人的心中和言行中,实现法律造福于民的最终目标。

第二章　法律的底线和天平

"不管憨子傻子，生命是一样的"

在文学作品中，人物的塑造往往能留给读者无限的想象空间。正如一千个人眼中，就有一千个哈姆雷特一样，在未见其人未闻其声时一个人的形象究竟是什么样的呢？

"我不曾见过你的模样，也不曾听闻你的声音，但我能想象到你的样子。"和李庆军邻村的李长河就是这样的。

"我没有见过他这个人，只知道他是河南省高院的法官。我想，那肯定是很威严、很不容易接近的。没想到，我还真是想错了，他和我想象中的真不一样。"李长河向我们讲述了那天他见到李庆军的一幕场景。

2017年，李长河的儿子成为一起交通事故的当事人。在对方醉酒横躺路面，在天黑不知情的情况下，李长河的儿子因为害怕，暂时躲避，没有及时报案投案，导致被警方追捕，并被判决赔偿对方高额费用。李长河感觉他家的天像是被捅了个大窟窿，快要塌陷了。在万般无奈、走投无路、迷茫无助的时候，他想起了李庆军。后来，恰逢李庆军回老家办事，李长河就抱着试试看的心态来到了李庆军家里。出乎他意料的是，眼前的这个法官衣着朴素，相貌平平，慈祥的眼神中透着温暖和关爱，根本没有他想象中的那种威严得令人不敢走近的感觉，这一下子缓解了李长河巨大的心理压力，拉近了他和李庆军的距离。李庆军请他坐下后，在百忙之中耐心细致地看完他的案件，并认真听完了他的讲述。之后，李庆军又一项一项地给他讲解法律法规，并语重心长地给他指路，告诉他首先不能跑走，不能躲避，唯一的出路就是配合调查，争取对方的谅解，这才是达成和解最为正确的路子。

在说到对方是个单身汉，无父无母无妻无子的情况时，李长河记得最清楚的是，李庆军说到的那句话——不管憨子傻子，生命是一样的。面对高额的赔偿费用，李长河是一筹莫展，悲苦难耐，李庆军又心平气和地开导李长河说："钱以后都可以慢慢挣，孩子才20岁出头，前途更重要。再说了，你实在困难，我能帮也会帮你一些，虽说法院不是我家的，但我家的钱我是可以做主的。"

事实上，正是听取了李庆军的一番讲解，采取了正确的途径解决问题，才没有造成不可挽回的损失和遗憾。现在，李长河的儿子已经参加工作，在自己的岗位上勤勤恳恳，兢兢业业，走上了一条光明大道。

"现在想想，幸亏当时找了李法官，听了他的意见，否则

第二章 法律的底线和天平

后果不堪设想啊。再难,钱可以慢慢挣,孩子的前途才更重要啊。"每提起这事,李长河总是激动不已,"我还记得那天,我找到他家时,他没有顾上吃饭就开始给我分析案子,因为下午他还要赶回郑州,时间紧张,他母亲就一连催他先吃点饭,不能饿着肚子开车。可他却因为回郑州的时间紧张,先抓紧给我讲案子,以我的事为重,这让我很受感动"。

对李长河,对家乡人,对街坊四邻,对案件当事人,对他身边的人和事,李庆军总是温情有加,善意为先。

李庆军的老乡里有一个违法上访户,常年以上访为主,多次被政府限制人身自由,也多次找到李庆军向他咨询法律问题。对这样有些无理取闹的违法上访户,李庆军没有隔着门缝看人——把人看扁,也没有把人晾在一边不理不睬。相反的,对于这个人提出的各类问题,他总是一遍又一遍地不厌其烦地给予劝解开导,想尽办法去化解他的心理问题,试图解开他心里的死疙瘩,帮他重回到正确的道路。2007年的春节前夕,这个上访户的家人再次被政府限制人身自由,在家过年无望。这个时候,他们又找到了李庆军帮忙。在很多人看来这是自作自受,李庆军仍然力排众议,尽自己的最大努力和当地有关部门多次沟通协调,在完全遵从法律法规的情况下,圆满解决了事情。

腊月二十九那天,当新年的鞭炮噼里啪啦地炸响时,安静祥和的小山村开始了新的一年，这个曾经一度无望在春节团聚的专业上访户，也在无限的期盼和感激中一家人团团围坐在一起，话说着新一年的希望和憧憬。

第二章　法律的底线和天平

越是"扛麻袋"的，越要对他们倾注更多的心血

我一个农家子弟能从大山里出来上大学，又当上省高院的法官，很光荣也很幸运。人要懂得感恩，我除了办案没有别的本事，必须认真负责地办好每个案件。

——李庆军日记

越是对无权无势的老百姓，李庆军越是倾注更多的心血。他这种做法，也获得了案件当事人的深切感怀。

2018年10月13日，在他去世十几天后，得到消息的周奶奶带着一篮土鸡蛋，在女儿的搀扶下走进李庆军家。年逾古稀的老人用颤抖的双手抚摸着李庆军的遗像，泪眼婆娑："孩子啊，我再也见不到你了，这鸡蛋大娘多想让你尝尝啊！"

这位周奶奶是南阳宛城区人。2004年，周奶奶购买了某企业的土地和房屋使用权，但随后长达4年的时间里该企业一直拒不交付。周奶奶无奈之下将其起诉到法院，案件胜诉后，到了执行阶段却因各种原因而未能执行。周奶奶多次上访反映情况，案件最后交到了李庆军的手里。

在参加河南省高院的再审审查听证前,周奶奶的心里直打鼓:自己年纪大了,连律师都没有,而对方"有权有钱有关系",一、二审都胜诉的案件,会不会到这里被推翻?

"不管什么原因,都得按法按理来办!"周奶奶至今仍清清楚楚地记得李庆军在听证会上铿锵有力的话语。收到驳回再审申请、维持自己胜诉裁定书后,周奶奶托老家的亲戚到乡下收了些土鸡蛋,挎着筐从南阳坐了将近300公里的大巴找到了李庆军家。

看着老人充满期待的眼神,李庆军热情地把老太太请进家里喝茶聊天,临走前给老太太拿上了自家买的山药等补品:"你要是不拿,鸡蛋我就不能收,法官是有纪律的。"

这次听到李庆军去世的消息,老人痛哭失声,一定要来郑州看看。可是,让周奶奶肝肠寸断的是,再也看不见他那温暖的笑容,再也听不见他热情的招呼声了。

在大学毕业后,李庆军最初的职业是教师,然而因为他在省城郑州工作,不断接待了很多来自家乡人的求助,这些老乡们对法律的无知让他深切地感受到学法、知法、守法的重要性和紧迫感。因此,他夜以继日,勤奋刻苦地开始钻研法律,苦心人天不负,1992年,他第一次参加全国司法考试就一次通过,1993年,他又通过了法院招录考试,从而迈进了法院的大门,也树立了他人生的又一里程碑。

第二章 法律的底线和天平

用法律服务于他人的这一崇高的理想终于可以付之于实际了。

在河南省高院工作的这些年,经他办理的案件卷宗不知道摞了多少摞,来办公室处理案件的当事人他也不知道迎来送往了多少。

从山里娃成长为一名人民法官,李庆军对老百姓有着深厚的感情。他常说:"越是扛着麻袋、大包小包来开庭的当事人,越要对他们倾注更多的心血和注意力,一个标的额再小的案件,对普通家庭来说都是天大的事,案件结果将直接影响他们对司法公正的信心。"

他还总是不断地接待来自老家以及全省各地的上诉人,耐

政法干警听了李庆军的事迹感动落泪

心细致地给他们讲解，认真负责地审理每一起案件，以自己的一言一行践行着法律的公平公正，维护着法律神圣不可侵犯的庄严一面。

第三章
"愚公"的精神,永远不忘本

1964年,李庆军出生在河南济源山区农村;1986年,李庆军从河南大学政治系毕业,被分配到郑州牧业工程高等专科学校工作;1989年他考入西南政法大学,攻读民事诉讼法专业硕士学位;1993年,他考入河南省高院;1997年加入了中国共产党。

人民法官李庆军

童年的苦难

十一月初的王屋山,极目望去,看不到丝毫金秋的辉煌和五颜六色的生命色彩,但棕褐色的山体在夕阳的映照下,显得更加巍峨高大。一座又一座高低起伏的山头绵延不绝,高高低低地匍匐而行,将长龙似的山脉紧紧相连,时而挺拔,时而低缓,恒久不变、屹立不倒。

汽车在并不太宽的山间土路上一阵下坡、一阵向上地颠簸前行,车窗外不时扬起阵阵尘土。两旁高低不平的大小块田地里,麦苗青稀,迎着秋日的清风轻轻摆动,总能看到白紫相搭的喇叭花竞相开放,亭亭而立,向着依旧还算暖和的太阳轻声低语着,为秋日的大山增添了几分生气和活力。

济源市邵原镇北李洼村,位于王屋山脚下,是李庆军的老家,也是愚公故事的发源地。

在"愚公移山"的故事中滋润长大,王屋山人因此具有朴实坚忍、不屈不挠、持之以恒的精神。李庆军就是这其中的一员。

他的童年,是在漫山遍野的草林山路中跋涉度过的,是在

第三章 "愚公"的精神，永远"不忘本"

贫穷苦难、饥寒交迫的山风凛冽中穿行而走的，是在怪石林立、树木茂盛的山坳里熬出来的。

"天将降大任于斯人也，必先苦其心志，劳其筋骨，饿其体肤，空乏其身。"这是古书上写到的，是古书鼓励人奋发前进的，更是写给李庆军这样的山里贫困娃和像李庆军这样在困难中永不放弃的仁人志士的。

李庆军出生的村子依山傍水，清澈的小溪和秀俊的山体没有给李庆军衣食无忧的童年生活。相反，在二十世纪五六十年代，因为交通的不便、信息的闭塞，大山更像是一道道无形的墙，将山村和外界一分为二，阻挡了先进文明的春风吹进山谷。

这里似乎更像是"塞外一隅"。他们过着节衣缩食、衣衫褴褛、吃了上顿没下顿的清贫日子。

李庆军的家，是这大山里的一个穷家。他的父亲是村里的一名民办教师，母亲也是一位本分朴实的农家妇女，家里兄弟姊妹四个，他排行老大。自然，从记事起，李庆军小小的年纪、瘦瘦的肩膀便扛起了家庭生活的重担。

刚一开始，虽然吃饭很是问题，但好歹有父亲作为民办教师的一丁点工资做开销，生活还是可以勉强维持下去的。

然而，屋漏偏逢连阴雨，即使这样，老天也并不眷顾这个困难连连的穷家陋室。1975年，父亲在参加完学区组织的调研会返回途中，搭乘一辆顺路的拉石头的车，不幸中途车辆发生事故。父亲连同石头一起滚落而下，顷刻间就被大大小小的乱石掩盖。在其他人的奋力抢救下，他才被众人从乱石堆中扒出来。而此刻，他人已气息奄奄，被匆忙送往当地医院治疗后，被医生告知要准备后事。

家里的顶梁柱、孩子的定心神针、年仅36岁的父亲遭此横祸，一家人顿时感觉天都要塌了，以后的日子还指望谁呀？

可能是天意挽留，也或许是冥冥中的安排，就在父亲的后事都准备得差不多时，医院传来喜讯，父亲踏进坟墓的那只腿又收了回来，从老天爷的手里捡回来一条命。

但这也仅仅是条命，不再是年轻力壮的多面手，不再是干农活的一把手，父亲从此落下了诸多病患和残疾：他一只眼睛几乎失明，半边身子从头到脚神经受损，强壮的腰板也弯了下去，一弯就弯了此后的几十年。

顶梁柱倒了，家里的所有农活就全部由身体不好的母亲、11岁的李庆军和小他两岁的大妹李香莲承担起来了。

穷人的孩子早当家。

他嘴里吃的，是红薯，是自己挖出来的红薯；是窝窝头，是自己从地里播种收割回来的玉米做成的窝窝头。他身上穿的，是破衣破裤，是母亲一针一线补了又补的新补丁压着旧补丁的衣裳，是别人家的孩子穿旧了、穿不上的"二手货"。

就是在这样艰苦的环境下，受父亲的影响，李庆军仍然不

第三章 "愚公"的精神，永远"不忘本"

曾有过辍学的想法，反而对读书更加渴望了。没有学费，他就想办法自己去挣。每到寒暑假和周末，他就和几个伙伴一起，头顶着星星，上山去挖草药。他们挖的最多的是丹参和连翘，挖上一天也就挖个几斤，卖了也就是少之又少的几个钱。更何况，大家都在挖，即使有再多的丹参和连翘，也不够那么多的人那么起劲儿地日夜挖呀。

大妹李香莲回忆说："后来近点的地方挖没有了，我和哥就跑到30多里外的山里去挖。一放暑假，我俩就带上干粮窝窝头、红薯啥的，爬几十里的山路，上到山顶上，可劲儿地挖，恨不得要把这山头上的草药都挖回家。因为来回上山下山回家的路太远，花的时间也多，我们就在山上的一家远房亲戚家里暂住下来，再加上带的也有些干粮，亲戚还算欢迎我们。基本上每个暑假都是这样过的。我们秋天天凉了的时候挖丹参，天热时在星期天挖连翘，反正是哪儿有就去哪儿，能去挖的地儿基本上都去过了。"

"那个年代，山里除了大大小小的石头不缺，什么都缺。碰到下雨天，我和庆军俺们为了不糟蹋鞋子，就干脆脱了鞋，光脚丫子走路，心里想的是宁肯脚受点罪也不能把鞋给弄坏，鞋子要比脚丫子贵呀。"李庆军的发小高波提起这些来，不停地为李庆军惋惜，为什么吃尽了苦头的他，就没有好好多过上几天好日子的命呢？

妻子马凤实听着这些，也想起来和爱人一起茶余饭后的闲聊。

"对这个连翘，庆军最熟悉了。有一次，我们看到这种花，我跟他说这是迎春花，早春开放的迎春花，他非说是连翘花，还跟我说，他小时候都是上山上挖的这种花，晒干了卖掉挣点学费。后来我在手机上查，果然是连翘。我知道，庆军对这花有种特殊的感情，所以，我也就一直叫它连翘花。"马凤实说着连翘花，此刻，她多希望，能再跟他抬抬杠儿，争争嘴儿，说说这花到底叫连翘花还是迎春花呢？

第三章 "愚公"的精神，永远"不忘本"

母亲给了他坚韧的性格

高尔基说过："苦难是一所学校。"李庆军正是这所学校里最苦最难的那个人。

李庆军生长在一个苦难之家。

李庆军的姥爷是一个本本分分的山里庄稼人，大字不识一个。在很年轻的时候，就被人用一张带有欺骗性的文书骗走了他的一块土地。因此，他就教育他的后代无论多穷多苦，也一定要上学识字。

他的父亲母亲结婚后不久，就已经承担起了一份"家长"的责任。他的奶奶去世得早，当时只有11岁的叔叔就全由他的父母拉扯，再加上后来他们兄妹几个相继出生，父亲又不幸出车祸导致半身不遂、大脑受刺激等，家里的全部重担就落在了他母亲一个人身上。

为了养活一大家子，为了多挣工分，李庆军的母亲就一个人挑起了家庭的全部重担。在生产队里，那些男劳力干的活，她争着抢着干，有时甚至哀求生产队长给她派男劳力都不愿意干的活。到了晚上她就开始拧绳纳底做鞋、纺线织布缝洗衣服。由于家里老的老、小的小、残的残，大小事情都是她一个人干，为了给孩子们缝补衣服，没有人说得清她熬过了多少个夜晚。

因为母亲不识字，白天在生产队干活的工分每天都要去队里汇报记录，这个活就全得由李庆军来完成。隔个十天八天的，娘俩儿再到会计家里把工分记到工折上。由于人多，都是排队等待，而来排队记工分的大多数都是一个大人带着一个孩子，效率也很低下。往往上完工分便差不多也到了夜深人静之时。回家的路上，他的母亲总是一边拽着他的胳膊，一边念叨着："我要是识字该有多好，你现在有学上，可一定要好好学习呀。"

母亲的话虽不多，却像刀刻一般，深深地印在了李庆军幼小的心灵深处，也为他以后能学有所成、造福他人奠定了强大根基。

除了忙地里的农活，李庆军的母亲总是一有空就上山采药。有一次，母亲带着李庆军、李香莲和翟立新三个小孩一起上山，因为路远，晚上他们就住在山上的一个远房亲戚家。半夜里，山里冷得出奇，寒风一吹，窗户纸哗啦哗啦地直响。他们四个人躺在一张床上，盖一条被子，你争我抢、你拽我拉的，真不知道那一夜是如何过来的。

在李庆军的父亲出车祸的几年里，他的母亲除了要供养一家人的吃饭穿衣等，还承受了极大的心理压力。那几年里，他

第三章 "愚公"的精神，永远"不忘本"

的父亲一只眼看不清，脑子又受到刺激，一天到晚总是吵着去看病，母亲碍于经济极度拮据没少阻止他看病，因此两人吵架、口角不断。1995年冬天的一个夜晚，大约十点钟时，翟立新所在的学校宿舍门有人敲响，他开门一看，顿时吃惊不小，来人是李庆军的父亲。他知道其中必有隐情，于是细细劝解、询问，才得知，是李庆军的父亲和母亲吵架了，他一赌气，谁也没说，一个人走了近20公里的山路来找翟立新。翟立新再也坐不住了，他的心里像堵了什么东西似的，闷得厉害，他深知李庆军的父亲心里藏了太多的苦，可李庆军的母亲不也一样吗？她的苦和他的苦，加起来恐怕都可以汇成一条河了。

高波想起了这样一件往事：那是小时候的一个春节，庆军当时上初中一年级，年三十下午他到村里的供销社买了5角钱的鞭炮，另外又花5分钱买了5个大炮，蹦蹦跳跳地跑回家里。父亲发现后，训斥他让赶紧去退掉，庆军站那没动，父亲随手拾了一根柴棍抡了他一下（他父亲出车祸后大脑受伤，心情烦躁，爱发脾气），母亲见状，让他去把5角钱的鞭炮退掉，初一放几个大炮就可以了。庆军手里拿着鞭炮哭着去供销社了。第二天一大早，他早早地起了床，听到谁家放炮，就往那跑，去抢地上掉落的鞭炮，跑到第三家正抢拾时，棉袄兜里的鞭炮响了。把棉袄崩了个窟窿。可能是有的炮没有灭，只顾与小伙伴们抢，在口袋里响了，到家，母亲知道后，抬手给了他一巴掌，庆军哭了，母亲也哭了，因为那是母亲昨夜忙乎半夜给他赶制的新衣（里和里边装的棉花是旧袄上的，边是新买的）。那一年春节，庆军没有去串亲戚。高波说："当时讲这事时，已经上高中了，现在我还记得他说时的表情，流露着对鞭炮与新衣服的渴望。"

翟立新的二哥身患小儿麻痹症，一条腿残疾，以开诊所维持生计。翟立新经常听他抱怨诉苦，说是最讨厌李庆军的母亲来退药。感冒六包药，吃了四包，剩余的两包非让给她退掉，翟立新二哥就很苦恼，满肚子的苦水就只好倒给翟立新："你说不退吧，她本身就是赊账；退吧，还又得去找药单、改账单。况且卖出去的药实在是不能退，都是零散的，又不是整盒子的药，实在是犯难呀。"

然而，再多的苦都得自己承受，再多的难也得自己咽下。李庆军母亲刚强、不服输的性格让她克服了一个个困难。每当有人问起她家的难处，她总是笑呵呵地会说："没事的，我家都挺好。"

第三章 "愚公"的精神,永远"不忘本"

一肩一肩扛起了三间土坯房

邵原镇北李洼村是位于王屋山山脚下的一个普普通通的小山村,距离济源市几十公里。漫步在村中曲折蜿蜒、高低起伏的土路上,依稀能够感受到几分古朴和沉寂,高矮不一的房屋并不那么齐整,有新盖起的两层简单楼房,有斑驳陈旧的土坯砖房,也有刻着岁月痕迹的一个个破败窑洞。

路旁边深陷下去的土地上,有迎着秋日阳光努力绽露白花花棉絮的棉花,有抢在冬日下雪前自由肆意无拘无束生长的萝卜白菜,也有成片成片随地可见的杂草在结籽,有三三两两的不知名的野花在开花,一切都是自由的、随意的。偶尔传来几声奶牛的"哞哞"声,顿时给这个安静的小山村平添了几分质朴和生机。

我们从一个路口处,沿着一条没有路的土地,踏过松软的土,来到了李庆军曾经居住了很多年的窑洞前。但见,窑洞前杂草丛生、灌木成林,生生地给这个窑洞增添了一道天然屏风。正对着我们的是个一人高的窑洞门,也已被大块土石遮挡了大半部分，经年累月的风吹日晒，窑洞的外围已经是斑驳不堪、残缺破旧。紧挨着"正门"的是另一个不大的窑洞口，听他的家人介绍说，这个小点的窑洞是烧火做饭的"厨房"。就是这样的两个窑洞，便是李庆军小时多年居住的"家"。

直到1976年，为了能从黑咕隆咚的窑洞里搬迁出来，李庆军的母亲咬定一口气，开始用瘦弱的肩膀一肩一肩地扛木料、背木条、制土坯。为了能砍些木料，她干脆住在山上，没日没夜地干，只要天能看清，她就从不停下。那时候，街坊四邻不管什么时候上山，总能看到一个熟悉的身影。

她猫着腰，头也不抬地干着。只见她攒足一口气，双手攥紧斧子，猛地抡起、砍下，树木于是一阵晃动，紧接着，又抡起、砍下，树木一个"趔趄"仍顽强挺着，然后，再抡起、砍下，只听"咔嚓"一声响，就见树木猛然倒地、皮开筋断。

她于是挪动挪动脚，攒攒劲儿，抖擞抖擞精神，就又砍向下一棵树。等砍到一定数量的树木时，她又马不停蹄地去枝叶、削枝干、打木条、摞木料，直干到日落西山，干到满天星闪，干到头一歪就能睡着的地步。

木料齐备了，还有一大难关，就是运木料。怎么运？怎么从山顶上拉到山下？她只能叫上家里大些的孩子，两个人一前一后地用肩膀扛。李庆军的大妹那时也就十来岁，她在前头，母亲在后面，两人刚开始一次背一根，但母亲觉得路太远了，

第三章 "愚公"的精神,永远"不忘本"

李庆军小时候居住的家

一次背一根太耽误时间,活干得太慢,就一次改背两根。两根足足七尺长的木料,加起来差不多重有四十来斤,就这样一趟又一趟地在两个瘦小的肩膀上从山顶上"跑"到了山脚下。

李庆军的大妹李香莲说:"我那时小,刚开始背时,总是想往后倒,有时候刚把木料抬起来放肩膀上,身子就不自觉地往后一倾,连人带木料一下子就都倒在了地上。"

村里的邻居们都禁不住吃惊地说:"你看人家小崔(李庆军母亲)多能干,那哪是一个女人能干得了的活呀!"

就是靠着李庆军母亲的勤劳和韧劲,她硬是一手一手地干,

李庆军的二妹陪同作者回李庆军的老宅采访

一脚一脚地走,终于盖成了三间土坯房,彻底从黑窑洞里搬到了高高的地面上来。

秋日的下午,太阳已经西下时,站在李庆军一家从窑洞乔迁到新家的这三间土坯房前,我们不禁被它的故事震惊了。看,它是那么的安静,在岁月的变迁中稳稳地站立着,即使成块的土坯已经风化到辨不出棱角,即使轻轻触摸便会有黄泥土松散落下,即使所谓的大门窗户已经是不能推动,但它依然挺立,在岁月的长河里,在光阴的流逝中。

后来,由于李庆军的弟弟结婚需要,再加上家人朋友的再三相劝，李庆军才和家人一起盖成了现在这个看上去并不"气派"，也未进行全部整修的两层房子，由父母和弟弟居住。这三间土坯房便搁置不用了。

我们踏着田间小道，来到了李庆军幼年看场打麦时所住的窑洞，它也如其他被弃置的窑洞一样，风烛残年、老旧不堪。不过，抬眼望去，窑洞顶上的一棵柿子树却是别有一番生机，光秃秃的枝头在风中挺拔而立，零落地挂着些圆圆的红柿子，在秋日阳光下绽放笑脸。于是，我不禁想到了一个关于摘柿子时要留几个在树上的故事。是啊，留几枚柿子在树上吧，给寒冬的鸟儿，给饥饿的麻雀留点希望和爱心。

这柿子，莫非是李庆军留给岁月的礼物？

人民法官李庆军

不能白吃的饭

2018年12月中旬的王屋山已经是雪花轻飘了，看着漫山遍野飞舞的雪白精灵，翟立新的思绪一下子回到了几十年前的故乡老家，以及和李庆军共同度过的那一点一滴中。

那一年也是初冬，一个星期天的早上，翟立新的母亲天不亮就早早起床，给他准备了干粮和早饭，让他早早吃了饭去山上拾柴火。可不巧天下起了雨，11岁的他心里便打起了退堂鼓。父亲和母亲就对他说："你看这天！但饭都吃了，不去多可惜呀！"翟立新这时就想到了李庆军，想着去找他，让他母亲帮着也说说情，劝劝自己的父母。没想到，李庆军的母亲态度更是坚决，她异常坚定地对他们说："可不敢不去，我家就这一点白面，都做成面条吃了，要是不去，家里其他人可就要遭罪挨饿了。"无奈，两个孩子扛起锋利的斧头，抓起捆柴火的绳子和中午要吃的玉米面馒头，顶着风雨向山里进发了。

到了山上，到处都是湿漉漉的，他们两个浑身上下都湿透了，贴在身上的单衣冰冷无比，凉风一吹，钻心地冷。翟立新

第三章 "愚公"的精神,永远"不忘本"

看看和他一样冻得瑟瑟发抖的李庆军,只见他正举起斧头,朝着一棵灌木砍去。一斧子下去,"哗"的一股像冰水一样的雨水滴落在他的头上,钻进脖子里,李庆军猛地一缩脖子,晃一晃头,甩掉一些水后,继续抡起斧子用力地砍着。翟立新看着李庆军,心里别提有多难过了,心想:"庆军比我小两岁,又没有大人陪着,真想能帮助他呀。"

他们一直干到中午时分。两个孩子各自砍好一担柴,翟立新的父亲帮着捆好,他们三人几乎是趴在地上,就着山坡上牛蹄子印里存的雨水,像个牲口饮水似的,喝上一口,又啃上几口硬邦邦的玉米面馒头,就算吃完了一顿午饭。他俩小小的身子分别挑好一捆湿漉漉的柴火后,就开始沿着布满荆棘的山间小道,深一脚浅一脚,一步一滑、跟跟跄跄地走上回家的路。中途休息时,翟立新清楚地看到,李庆军的小手被冻得发紫、皲裂,渗着红红的血印,脸上也刮破不少,一道挨着一道的血口子。翟立新的父亲心疼地拍拍李庆军的头,也禁不住泪湿眼眶。

住在牛棚，志在四方

艰难困苦，玉汝于成。

生活的不易从来没有击垮过一颗坚强的心。李庆军酷爱读书的劲儿支撑着他，挺过了割草挖药材的苦难童年，走进了活力旺盛的少年。

也许是因为济源是"愚公移山"精神的发源地，李庆军后来的很多行为，都有点"愚公移山"的矢志不移精神。

李庆军的父亲虽说正当壮年时遭遇车祸，但他一心为教育的信念从未改变。几年后身体恢复，他要求去教学。但因为当时教师力量并不缺乏，他就要求去打钟（当时学校的上下课铃全是靠老师打钟），很长一段时间后才又开始教课。

作为一名民办教师，他深知教育的重要性。在李庆军第一年高考不太理想时，他父亲没有因为家庭贫困让他就此作罢，反而鼓励他进行复习，来年再考。为了让他有个相对安静的学习空间，他父亲把牛棚拾掇拾掇，放上一张歪歪扭扭的桌子和胳膊腿残缺不全的凳子，给李庆军学习用。这个狭小简陋的牛棚兼书屋，就成了李庆军放飞思想、自由翱翔的最珍贵一角。

苦读的力量源自于改变贫困。恢复高考的第二年（1978年），太行山区的一帮穷孩子聚集在济源第十中学，李庆军分在21班，他是学习委员兼历史课代表。

改革开放刚刚起步，贫困的阴影依然弥漫在全国，步入高中首先感到的是苦。那种苦至今难以言说，简言之：一苦在于吃。当时的学校食堂的饭几乎就是"清一色"，一周六天一个样：早上玉米面糊糊，中午玉米面馍馍（硬得如砖块），晚上玉米糊糊面。玉米面糊糊二两饭票一碗，玉米面馍馍二两饭票一个。一顿饭敢吃两碗的人很少很少。二苦在于住。住的是土坯房，潮湿阴暗，打地铺，铺麦秸，一排排躺下睡觉。门口放几个马桶，气味刺鼻，跳蚤臭虫肆虐，环境和夏衍笔下的包身工好不到哪里去。三苦在于书。课本奇缺，再加上没钱，大多数学生没有课本，要读书，一靠借，二靠抄，没书的时候，老师就带领大家抄课本。

翟立波记得，1979年春天，有一次学校组织上山背木板，回来要做课桌，大家都很高兴。他和庆军一组，俩人抬一块板子，过一条河时，必须跳着踩河里露出水面的石头过。当时庆军在前，他在后，庆军跳一步，他后面就跟着赶紧跳。在这样跳着走的过程中，翟立波突然又一跳，"可能是距离太宽，我跳的劲儿大，庆军一下子就被我带倒了。他跌倒在水里，木板也被水流冲走了。我赶紧去扶他,他起来后就赶紧追木板,追了有好几米远,才把木板抢回来。这个时候,他的棉裤已经湿透了,装满了水,赶紧用手拧拧,就又抬着木板回学校了"。翟立波说:"还有一次,下大暴雨,我和庆军俩一块儿上学,路上因为路滑,再加上庆军把带学校的一包面粉塞进怀里,身体一失衡,就摔倒了。他爬了一会儿也没爬起来,我就去扶他,才发现他脚也崴了。我提议背他,他也不让,就硬撑着一瘸一拐地走到学校。说真的,庆军的这种求学劲儿,到现在都让我佩服。"

"苦中求学,现实的贫苦和书本里描绘的美妙世界大相径庭,这激发了我们这些穷孩子寻求知识奥秘的动力。李庆军是我们班的学习委员,记得一次班会,他的发言至今犹在我耳边回响。他说,贫穷不是我们山区孩子的过错,但是改变贫穷是我们义不容辞的责任。我们别无出路,只有埋头读书,以此来改变自己的命运,改变家乡的贫穷。早上他总是第一个起床读书,他煤油灯下伏案读书的身影定格在每一个师生的记忆里。当时冬季教室取暖用的是土坯煤炉,前一天晚上填上湿煤封好,中间戳一个小洞徐徐燃烧,第二天早上要早早起来捅炉子换煤炭,不然,煤火就会熄灭,不能取暖了。21班冬季的煤炉从没有熄灭过,就是庆军早起读书,一进教室就添煤旺火的缘故。为此我们的劳动委员赵公文和他成了最好的朋友。 无论吃饭睡觉,还是操场边活动,他通常都手不离书,学习是他的第一要务。高二那年的春节，我们几个同学相约去庆军家玩，门口遇见他妈妈，她告诉我们由于家里人多地方小，庆军住在院外的牛棚里。顺着指引的位置，我们来到牛棚前，一副对联赫然入目：'身铺烂毯暂住牛棚，心系远方志在高山。'怀揣敬意推门进去，一张临时搭建的简易床上，铺着一个烂毯，放着一个薄被，其他的地方摆满了书本，庆军正在复习功课，见到我们连忙起身招呼。庆军埋头苦读，勤奋上进的精神影响了一大批同学，我们一起发奋学习，立志成才。我们那一届学生考上大学、自学成才、个人创业、勤劳致富，最终走上成功的人，居济源十中历届之首！带领我们执着前行的除了我们恩师的谆谆教诲之外，还有像李庆军一样立志高远、持之以恒、埋头苦干的榜样激励。"他的同学侯怀乐（济源职教园区工会主席）回忆说。

珍惜读书机会，刻苦努力

功夫不负有心人，1982年，李庆军以优异成绩，考上了河南大学政治系。

在"包分配"的年代，考上大学对于李庆军来说，却并不是结束，而是依旧刻苦努力的开始。

李庆军的大学同学、平顶山行政服务中心纪检组长李小军回忆说："我老家是平顶山叶县的，和庆军一样都是从农村来的，经常交流，都很珍惜学习机会。当时是在阶梯教室上课，条件非常差，前后都是大门，玻璃也烂了，一到冬天就非常冷，晚上去教室上自习的同学非常少，庆军每天晚上都坚持去上晚自习。

由于阶梯教室一到晚上10点就熄灯了，学校10号楼有几个教室夜晚不熄灯，庆军后来就经常去那里上晚自习。后来，学校新图书馆建成后，大家都去那里上自习。

庆军的习惯非常好，生活特别有规律。我们刚上大学时，要求每天早上5点起床，然后跑早操、上自习，7点吃早餐，

8点开始上课。一年以后,学校没有这么要求了,但是庆军一直坚持这么做,包括周末也是这样。我们周末经常睡懒觉到十一二点,但庆军从来都没这样过。周末没事时,我经常和庆军去开封老街转转,尤其是包公祠和小胡同。"

在李小军的印象中,庆军是一个非常遵守纪律的人。大学那会儿,都是正月十四五开学,记得有一年春节下大雪,按时到校的同学非常少,庆军就是其中之一。

"那一年,我从老家坐车到学校途中,上坡时车打滑往后退,幸好没有发生事故。来到学校后,看到庆军我很惊讶。我知道庆军家是济源农村的,离县城有几十里山路,所以就问他怎么去的,他告诉我是天不亮就起床,冒雪走到县城坐车,辗转来到学校的。"

在他看来,庆军是一个人情味非常重的人。"有次我拉肚子,他陪我跑前跑后到校医院就诊,还帮我买饭,非常细心周到。记得有一年暑假我没有回老家,那时村里也没有电话,他坐车去我老家找我,但从县城怎么去我们村他就不知道了。坐车时,他正好认识上了一个同龄人,两人聊得比较投缘,下车后他俩在县城借了一辆自行车,边走边问,找到了我家。虽然没有见到我,但他在家里陪我父母聊了半天。后来,开学时说起这事儿,我说下次要去我家,应该提前给我说,我好在家里等他。"

1986年7月,大学毕业时,全班共182名同学,有三分之一分配到了郑州，李庆军以"全优"的成绩毕业，并被分配到郑州牧专工作。之后，响应党的号召他在栾川县工科中专扶贫支教一年。

就算是到了工作中，李庆军也没放弃学习。

李庆军高中同学、济源市文联副主席赵功文说起了一件事："那是我工作后的一天，一个炎热的下午，我接到了庆军从济源车站打过来的电话，说是学校放假。我赶紧骑着破旧二八自行车赶到车站，却怎么都找不到他，只好大声喊，谁知他就站在我身后的墙边看书。让我大吃一惊的是他长高了一头还多，但是样子没有大变。他脚边放了三个大旅行包，说是旧衣服，还有用不着的东西都拿回来了。我去车站办公室找了根电线，将三个大包捆在车座上，先把包带回来，然后又去接他。回去再拐回来，一趟三四十分钟，他还在看书。我就说他，你教书、看书，看书、教书，还不够吗？他就说，闲着也是闲着，不看书着急。"

就凭着这股子刻苦劲儿，1989年暑假期间，李庆军考上了西南政法大学法学研究生，1993年3月，以第二名的成绩考入河南省高级人民法院。

第三章 "愚公"的精神，永远"不忘本"

同学的"惊奇"和遗憾

不管后来工作岗位在哪里，让同学们佩服的是，李庆军永远保留着农家孩子的本色。

王玲是李庆军的一个中学同学。她清楚地记得那天见到李庆军时，他带给她的三个"惊奇"。

2016年的一天，王玲正走在街上，突然听到有人叫了她的名字。王玲随即一愣，循着声音传来的方向扭头看去。"不认识啊，这人谁呀？他咋认得我？"王玲顿时心生奇怪。

待交谈后得知是李庆军时，王玲更加不解了：她仔细打量眼前的李庆军，身穿一身洗得发旧的普通便服，裤子膝盖和上衣胳膊肘等处磨得已经有些发白，浑身上下很是朴素。"他现在都是省高院的法官了，不应该还开这种旧车，也不该穿这么旧的衣服呀？"她越想越纳闷。

当李庆军向她说明，想有机会看望一下原来的那些初中同学时，王玲似乎更加吃惊了。如果说李庆军能认出她、记得她这事让她激动不已的话，那么，李庆军在这么多年后还念念不忘那些初中同学，则是她万万没有想到的。

王玲至此也深深地体会到了李庆军身上那种重情重义、永不忘本的朴素本色。

说起同学情深，他的发小高波唏嘘不已，他告诉笔者，他欠李庆军一个承诺。2015年10月他应李庆军要求，相约了他们初中老师和退休的民办老师在老家相聚，大家交谈甚欢，这也算完成了李庆军一直以来的一个心愿。"那天是个周六，庆军点了很多菜，最后他又要了一个菜单上没有的水煮菠菜，交待服务员煮熟后只放少量盐，其他什么也别放。那天他很高兴，给几位老师敬了酒，回忆了上初中时的很多往事，谈了谈他现在的工作，问了问老师们的身体状况、家庭收入、子女的情况，老师们都很高兴。但庆军那天说他开车不便喝酒，只吃了一些菠菜，现在才知道他那时的身体已开始透析。"

不过，令他至今都不能释怀的是，李庆军托付给他的另一件要事——邀约高中老师相聚的事情，他因为路远、居住分散等种种原因，一直未能约齐人，没想到这竟成了一个遗憾，永久的遗憾。现如今，每每想起此事，高波都觉得他是亏欠李庆军的。

让李小军遗憾的是，2014年五一期间，他和爱人去郑州，邀请了几个大学同学聚了一下，晚上还住在李庆军家，但都没有看出他有异常。

第三章 "愚公"的精神，永远"不忘本"

2018年春节前，李小军给李庆军打电话，说想买郑州一个家属院的房子，他说在北京看病。回来后庆军专门替李小军去跑了一趟，找到业主谈了谈，虽然最终没有谈成，但是他的热情让人感动。庆军去世后，李小军才在媒体上看到报道。当知道他这些年写了19本日记时，李小军说，以前觉得他在工作中也很普通，了解他这些年的身体状况和工作后，感觉他确实不简单。我们同学都知道庆军有病，但都不知道是尿毒症，他没有说，想来是不想让大家替他担心。参加庆军追悼会时，我们的大学同学李雪莹也提到，有次去省医看病碰见了庆军，当时感觉庆军脸色不正常，但他却说自己身体很好，是来看病人的。

卢有枝是李庆军的大学同班同学，也是老乡。"当年物价低，食堂一份鱼2毛钱，大学四年他从没舍得吃过。"卢有枝见他整天馒头加咸菜，就把节省下来的饭票给他，他坚决不要："家里日子都不好过，我能撑过去。"

2016年秋天，李庆军去北京看病。一场突如其来的大雨将他困在路边，拦不到出租车，也没有伞，痛风发作，湿冷的裤子贴在腿上，每挪一步都钻心地疼。

独立异乡街头，病痛地折磨让这个素来坚强的汉子快要支撑不住。他颤抖着手拨通了卢有枝的电话："老同学，我一个大男人疼得想坐在地上哭……"

回忆这一幕,卢有枝泣不成声:"那是唯一一次听他诉苦,我埋怨他不向北京的同学求助。他却说:'麻烦别人干啥呢,我这一辈子最不喜欢做的就是给别人添麻烦,给你打个电话,转移下注意力,就不恁疼了。'"

第四章
底色是善良,别人永远在前面

　　艰难的生活,除了会铸就人钢铁般坚强的意志,也同样滋养着一个人善良、朴实、乐于助人的美好品质。

孝敬父母的一个榜样

在做人上,李庆军永远都是替别人着想。

在孝敬父母上,李庆军堪称是他们姐弟中当之无愧的榜样。

"每到冬天天冷时,哥嫂都会把父母接到郑州去过冬,一直到第二年清明前后天气回暖了,才把父母送回来。每次回来,老人都会添上好几件新衣服。妈总是在邻里、亲戚中夸哥:'我有衣服穿,有好几件都是新的,放在柜子里穿不着,庆军和凤实硬要给我们买。'去年春天回来后,有一次闲聊时,妈对我说:'你嫂子虽说是儿媳妇,但比你和你姐俩对我还好,每天早上起来,先给我们煮俩鸡蛋,盛好端到饭桌上……'我笑着对妈说:'看你多有福,养了个好儿子,又找了个好儿媳,我们都不如你儿子你儿媳!'妈总是一脸的满足和自豪。这些年父母的身体一直不太好,常年吃药。不记得几年了,二老的药大都是哥嫂买的。每年春天二老从郑州回来都要带上几大包药品。之后,哥嫂还会隔三差五地托人捎些药回来。近些年,因为身体原因哥回来的少,他怕记不住药名,就在电话里让我把所有的药放在一起拍个照片发给他存到手机里。前些年,孩子们还小,过年时俩闺女是很期待去郑州的。到那之后,家里不仅人多热闹,还能到公园里玩,到商场里买好吃的。每次去都要住上一两天。到了晚上,大人们坐在沙发上嗑着瓜子边看电视边聊天。几个孩子一会下跳棋,一会打扑克,玩玩闹闹,其乐融融。夜里,就在客厅中间打个地铺,躺下便睡着了!"李凤莲说起哥哥来,眼中满是骄傲。

"清楚地记得2003年春节的大年初三,我们一家坐着公交到哥家拜年,晚上照例住在哥家。大年初四那天中午,哥突然提出想去开封,他这样说道:'爸妈一辈子辛劳,除了郑州,没到过太远的地方,半辈子了还没坐过火车,咱们明天坐火车去开封吧。'哥的决定,一呼百应,大家都很期待。哥忙骑上自行车去买了火车票。初五一大早,我们匆忙煮了些汤圆一吃便上路了。在火车上,我们让俩老人在下铺坐坐,还专门扶着他们到中铺躺了躺,体验体验。孩子们爬上爬下,一家人在车上甭提有多高兴了!到了开封,我们去了龙亭,去了清明上河园,还去了大相国寺。中午我们到天下第一楼吃了包子,要了几道老人喜欢吃的菜品,晚上又到夜市小吃街品尝了特色小吃,夜里坐12点多的火车返回郑州。一路上父母嘴上唠叨着:花这闲钱弄啥哩,但他们内心的喜悦都洋溢在脸上哩!近些年,哥曾几次提到要带二老到洛阳吃一吃正宗的水席,但由于身体原因，再加上工作太忙所以没能成行。去年春天，哥特意给我2000元，非让我拿着，说是妈腿脚不灵便，让我给妈买个轮椅，带着他们去洛阳转转。按哥的吩咐在五一那天，我开车约上外甥带父母去了趟洛阳，中午到白马寺转了一晌，其间妈还执意让我搀扶着她在寺院里上了一炷香保佑我哥身体健康，可怜天下父母心呀！上午11点多，哥又给我打电话交代一定要尝尝水席。我找了家还算不错的水席店，老人家吃得很开心！前些天，我在哥的日记里翻看到哥那天的日记，我们一天的行程日记里都有记录，明显看得出哥得偿所愿，真的很高兴！"李凤莲无限感慨地说，"哥对父母的孝顺是我们所不能及的。"

第四章　底色是善良，别人永远在前面

温情又"礼数繁多"的一面

"庆军这个人其实挺爱生活的，我们俩每到过年时总会买上几盆花回来，再张贴上一些新年装饰物。他出差了还总是会给我买些当地的小纪念品等。自从用微信以来，他基本不发朋友圈，那一年，他养的梅花开花了，他破天荒地拍了照片，在微信群里晒，一时间，那些朋友们都觉得李庆军变不一样了。"马凤实说着，把保留在她手机的那张照片拿给我们看。明媚的阳光下，朵朵艳丽的梅花千姿百态、争奇斗艳，开在枝头，就像是被施予了神力一般，永久地开在了他们记忆的心田。

马凤实永远清晰地记得，他们的相识是源于自己一个同事的牵线搭桥。当时，李庆军身上的三点吸引了她。第一，他这人性格好，脾气温和，心眼好，知道关心人。第二，他会做饭，会炒青菜，会主动承担一些家务。第三，有一次，他们去同学家，恰逢同学外出办事，就由他们暂时负责看家。李庆军于是让她住屋里，他自己一夜都在外面。早上一开门，他就拿着牙刷、刷牙杯等物品给她用。"他还很喜欢我们家的小狗，给它起名叫 TIMO。每次他回来，手里拿着钥匙却不开门，总是先敲门，小狗听到就会一下子蹿到门口去，等我打开门了，小狗就猛地朝他扑去，扑在他腿上舔舔嗅嗅的，好亲热啊！"马凤实抚摸着趴在她腿上的小狗，轻声地说。

"我哥其实一直都对他的病很乐观，这次手术后，他还嘱咐我说，回家把家里好好消消毒，多买些质量好的口罩留着回去用，再把那扇窗户换换，装个密封性更好的。那样他回家后就能把一些工作带回家做了，边休养还能不耽误工作。上次那回脑梗住院也是，我哥让助手把卷宗带到医院，他办完后再叫人送回单位，总是利用各种机会坚持工作。"李凤莲说着，趴在嫂子的肩膀上，又一次落下了滚热的泪水。

"我哥是个传统思想观念强、非常重视亲情的人。我和姐常说我哥是'礼数'多，每次回老家一趟，他都非要把所有亲戚长辈看望一遍不可。有时时间紧，他哪怕到家看一眼、站一会儿、说上几句话也是要去的。每年春节，大年三十晚上、大年初一早上，哥肯定会打来暖心的电话，问：吃过饺子了没有？做了几个菜？年货都备了些啥……一连串的嘘寒问暖。除此之外，三十晚上看春晚时，哥还会逐一电话问候叔、舅、姨等长辈，这已是哥多年的习惯。小舅家表弟在朋友圈里曾这样说：'每年过年在家看春节晚会时候，庆军哥都会给我爸他们打电话，我爸常说，庆军每年不管回来不回来，电话拜年是肯定的，你

第四章　底色是善良，别人永远在前面

们都要学着点！'亲戚们不管谁家有事，哥都会牵挂于心。前年，姑父不在了，我们知道哥身体不好，担心跟他一说，他要回来，所以，就在下葬的前一天晚上才告诉他，他没能回来为姑父送行。当时，我们觉得没什么……谁知，在前些天我翻看哥的日记时看到：'今天立秋……姑父也是个可怜的人，一辈子也没享福，就这样匆匆走了。我没能回去，怀念悲伤之余很是遗憾！昨夜一夜未眠。'2018年7月份，叔离世一周年祭日。当时，哥的腹透管道口发炎，每天白天上班回来做完腹透后，还要去医院输水到11点左右。就在这样的情况下还坚持要开车回来看看，我们全家人都极力劝阻，哥才没有执意回来，但那两天电话打了好几个，他总是放心不下。前年和去年堂妹、堂弟家各添了个男孩，哥的日记里都有写到，甚至连孩子几斤几两都写得清清楚楚，笔下流露出无尽的喜悦。端午、中秋，我们当地有个习俗：娘家人要给出门的闺女送粽子和月饼，这一规矩哥可忘不了。每年节日前后，我们都能吃到从郑州捎回来的肉馅粽子和夹心月饼。因为堂妹也在郑州工作的缘故，哥哥嫂嫂每年都会利用周末专门提着礼物到堂妹家去看望，一年都没落下。"二妹李凤莲几度哽咽，泪如雨下。

现在，让马凤实不知如何是好的是，每年冬天，送上暖气后，她都会把公公婆婆接过来过冬。今年也不例外，老太太老早就在家里盼着，快去郑州了，快去郑州了，她还逢人便说，她有

个好儿子好儿媳。

"庆军去世这事,到现在还瞒着老人呢,也不知道能瞒他们多久,反正是能瞒多长时间就瞒多长时间吧。"马凤实无奈地说。

李凤莲也说:"中秋节时,老人就盼着我哥能回去,结果病重没回成。他们就又盼国庆节,现在又总是打我哥的电话,时间长了他们也着急,我就骗他们说,我哥去美国学习了,那边电话费太贵,不方便接。"

是啊,李庆军将那么多素不相识的人放在自己的心上,而父母却只会将自己的儿子放在心坎上。他也许要永久地亏欠自己的老父亲老母亲了。

第四章　底色是善良，别人永远在前面

再弱小也不放弃善良和爱

艰难的生活，除了会铸就人钢铁般坚强的意志，也同样滋养着一个人善良、朴实、乐于助人的美好品质。

发小高波说起小时候和庆军度过的点点滴滴，一个堂堂七尺男儿激动得像个孩子。

高波印象最深的还有一件事儿。1979年秋天的一个周六，他和李庆军从学校回家的路上，碰到一个年迈的老人独自拉着车，车上满满装了一车的玉米杆，正咬牙在爬一个大坡。庆军看见了，二话不说，撒腿就往那个方向跑，在后边给老人家推车。"我想，这坡上去了，他该回来了吧，谁知道，他一直帮老人推着车又爬过了另一个大陡坡，这才满身大汗、气喘吁吁地跑回来了。庆军就是这样，从小就有一颗爱人之心、仁义之心。"高波说。

可就是这样懂事的儿子，也没少挨父母的打。

"我哥呀，他就是命苦。在家里缺衣少食的那些日子里，我哥也没少挨打。因为要挣工分，而父亲身体残疾，母亲又常年多病，两个妹妹又都比他小，家里的大小活儿基本都要靠我哥。有时候我哥一看书就放不下，难免耽误一些活，苦于生计又心情郁闷的父母就会打我哥一顿。他们其实也不是不疼我哥，只是父母被生活逼得无可奈何了。那个时候，我就觉得，我哥是我家里最受屈的一个。"李庆军的弟弟李军社对记忆中哥哥的挨打经历，无论什么时候提起来心里都隐隐作痛。

二十世纪六七十年代的山村无疑是贫穷的、困苦的、艰难的。但调皮的男孩子们依然调皮，爱惹事的依然惹事。

曾和李庆军从初中到高中一直同学、现任邵源中心学校老师的冯士学回忆说："那时候，因为生活困难、经常吃不饱饭，我们男孩子们最爱玩的游戏就是捉迷藏，也就是藏老猫儿。之所以藏老猫儿，就是在玩的时候，我们能藏到那些果树林、玉米地里去偷偷吃点。我记得，我们附近有一片果树林，从开花到结上果子，我们就一直惦记着想吃，等到果子刚刚长到鸡蛋大小，我们实在等不及，就偷偷摘掉吃了。庆军则不然，他从不去摘，反而还劝我们说，这果子太小，太浪费了，你们等到长大些再吃也不迟。"

李庆军的憨厚、老实是有目共睹的，他总是抱着一颗极其善良的心来对待身边的人和事。

他们所生活的那个时代，学校的厕所全是土墙垒成，且男女厕所仅一墙之隔，这就给爱捣蛋的男生提供了惹事的"温床"。

第四章 底色是善良，别人永远在前面

冯士学介绍说，男生们总是爱欺负女生，从墙头上抓土扬土，呛得女生们连连咳嗽。可李庆军从不这样，他不扬土，不扒墙，不搞破坏，遵纪守规，还总是劝阻那些调皮捣蛋的男生不要胡乱作为。

他是弱小的，他的力量是微乎其微的，但他从不放弃善良和爱，他用自己一丝一毫的忠厚和爱心，带给身边人春日般的温暖和光亮。

贫穷"困"不住慷慨

贫穷是"困"不住慷慨的，苦难是阻挡不了善良的。

上小学时，李庆军家和学校几乎是只有一墙之隔。那时候，经常有同学因为作业完不成等原因放学后被老师留下，不能回家吃饭。李庆军就把自己舍不得吃的窝窝头、糠馍带给同学吃。晚上上晚自习时，哪个同学煤油灯里的油烧完了、不够用了，他就跑到自家去倒些自制的煤油给同学学习用。

上高中时，他仍旧是同学危难时的"救星"。那时，每周去学校时，他们都会带上一布袋黄馍或糠馍，挂在宿舍的墙上。李庆军有个黄布袋，经常是一到晚自习时，他就把自己的馍拿出来，很舍不得地吃很少的一点，却很舍得分给同学们吃。因此，别人的馍可以吃三天，他的馍往往不到周三就会吃完。班里不少同学都没少受过他的"接济"和照顾，虽然他也常常是饿着肚子，虽然他比别人还要穷还要苦上很多倍。

工作后，李庆军总是尽己所能地为家乡人排忧解难。得知同学范志明因教授课目所需而要学习民法，他就自掏腰包在郑州买了《民法通则》寄给范志明。同学侯宪文给他去信寄钱让买书，李庆军又毫不犹豫地给他买了一本当时售价为3.35元的《唐诗三百首》，连带着把去信时所寄的钱一并又寄给了侯宪文。后来，李庆军又自费买了《新华字典》等邮寄给他。

同村的李卫东自从来到郑州上学，就成了李庆军家的"一员"。"我记得十分清楚，当时庆军哥住在炮校北院的筒子楼，住房非常紧张，但他和嫂子为了让我安心上学，还是想方设法让我住在了家里。记得一个周末，当时郑州华联商场刚开业，我们一起去逛商场，看到一个夹克80多元，这个价格对我来说是个天文数字，一个农村孩子哪买过这么贵的衣服，可庆军哥和嫂子毫不犹豫就给我买了，又带我到碧沙岗公园西刚开业的三鲜烩面馆吃烩面，但我知道他们工资也并不多。"李卫东回忆说，"我刚上班什么都不懂，连个笔录都问不了，这个时候我就会想起庆军哥时常告诉我的要珍惜机会，学会钻研，这才坚定了我从事法律工作的信念。特别是庆军哥在工作中的责任心让我很是佩服，他总是告诉我，办理案件只要做到尽心尽力就行了；多看书，多学习；给当事人办案要对得起良心，对就是对，错就是错，违背法律的事是谁也帮不了的。这些话我是一辈子也忘不了的，一直激励着我走过25年的法律服务工作。"

而对自己，李庆军却是十分"吝啬"的。他的表弟卢朝晖对李庆军生活的节俭是亲眼所见、颇有感受的。1988年左右,当时还在郑州牧专工作的李庆军为了买一件衣服,前后两次跑去商场讨价还价,最终也没舍得买。还有一次卢朝晖去牧专找李庆军,在宿舍门口刚好碰到打饭回来的他,卢朝晖不看不知道,一看吓一跳:表哥打来的中午饭就是一碗稀饭、两份榨菜、两个馒头,他心里像打翻了五味瓶,百感交集。然而,李庆军为了让表弟吃好,硬是又拉着他去外面请他吃饭。"有一次,我去郑州玩,那天天冷,哥感觉我穿得有点单薄,从书柜下面的小柜里取出一件没有舍得穿的蓝色大衣给我,我以为他是让我给叔叔(他爸爸)捎回去。谁知道,他告诉我说,是送给我的,说我已经结婚了就要有件像样的衣服。我心里过意不去,因为我知道,家里我叔叔(他爸爸)的穿戴有多么破旧不堪。我走的时候,天下起了大雪,穿着那件暖暖的衣服,我的心里感觉暖暖的。""表哥就是这样一个对自己苛刻,对别人大方、宽容的人。"卢朝晖打开话匣子,滔滔不绝地讲个没完,"他们宿舍住了6个人,其中有一个体育老师,每天都要听体育赛事节目,难免总要吵到其他人。可表哥从没有埋怨过这个体育老师,反而总是很体谅别人,给他人方便。"

第四章 底色是善良，别人永远在前面

李庆军的家就是个"接待处"

从李庆军和马凤实结婚开始，他们的家，就成了济源老家以及全省其他地方来郑州投宿的临时"接待点"。

为什么要这样做？

"他总是心疼别人，想着能帮一把就帮一把，能给人点帮助就给点帮助，他就是一个心地特别善良的人。"马凤实时时刻刻都在念叨着李庆军的种种好。

住在一楼的邻居彭迪说："我家住一楼，经常能听到、看到有外地人找到庆军家，不是借钱，就是借宿，要不就是吃住都包。"

堂妹李菊霞是受堂哥李庆军帮助最大的。她在回忆中说："1996年，我考上了许昌市农机校（中专），大哥亲自送我去报到，还为我购买毛巾、脸盆、卫生纸等日用品。因为报到时只有上铺了，我这个村里学生没有睡上铺的经验，有点胆怯，大哥便自己爬上上铺，还用力踩了踩床板，笑着说这个床板也够结实的，让紧张的我顿时放松下来。大哥还给我带了一摞稿纸，让我认真学习。当时从邵原到济源需要两个半小时车程，从济源到郑州需要四个多小时车程，到郑州后还需要转站才能到许昌，一天时间是到不了的，因此，那三年间，每年寒暑假回家或者返校，我都是在哥哥家住上一夜。他家好像就是我的家一样。中专毕业后我回镇上工作，大哥觉得我在校时成绩挺好，年纪尚小就放弃学业有点可惜，便多次通过我父母鼓励我继续深造。2001年，我到郑州大学自学考试。从大哥结婚和嫂子同住筒子楼一间房开始，我就跟着大哥，吃住有哥哥嫂子负责，我知道嫂子最爱做的饭就是蒸卤面，包饺子，她做得特别好吃。我从哥哥嫂子身上学会了包容、宽厚、仁爱等，特别是在受到哥哥指点后，我开始报考全国司法考试，不知道用了嫂子多少稿纸，最终在哥嫂的鼓励和支持下，我顺利通过考试，走上了和哥哥一样的道路。这也是我哥哥一直以来的愿望，他总是希望有更多的人学法、知法、守法，那样我们的社会就会少一分争斗，多一分平和。哥哥就是这么一个心地善良的人。"

"后来在工作中，因为案件量太大、当事人不理解、自身经验匮乏，有时会感觉压力山大透不过气。我总是每隔十天半月就跟哥哥通电话聊聊工作。哥哥总是劝我不要急躁，他说我从事工作这么久，难道不觉得法律是个很有社会价值的专业？要逐步学习成长，还让我多看优秀裁判文书的说理，提高业务水平，少走弯路，扎扎实实办好每件案子。"李菊霞说。

第四章 底色是善良，别人永远在前面

"是啊，你还记不记得，我那时候就跟你说：'菊霞啊，你看你用了我多少稿纸，你要是考不上，可对不起我的那些稿纸啊！'"马凤实接过堂妹的话说。

后来，又是受李庆军的影响，堂妹李菊霞的爱人王广政也自学通过了国家司法资格考试，走上了法律这一条路。王广政至今都清楚地记得第一次和李庆军见面的情景："大学毕业后，我面临就业、考研的选择，很是迷茫，就很想听听庆军哥的建议，可一想到法官都很威严，心里又有些忐忑。然而，见面后我的顾虑全都打消了，庆军哥性格温和，平易近人。他从各个方面给我分析，鼓励我考研学习法律。后来在报考学校时，我毅然选择了庆军哥的母校西南政法大学，并在学校期间通过了国家司法资格考试。毕业后，我和菊霞通过考试分别成为了法官和检察官后备干部。庆军哥非常高兴，他开玩笑说，我们家学法律算是后继有人了。后来工作了，庆军哥也经常告诉我说，千万不能有船到码头车到站就能歇歇脚的想法，要在两方面加强学习提高，一是社会经验和阅历。他说法律不是束之高阁的学科，是要实实在在解决社会纠纷和矛盾，起到定纷止争作用的学科。如果你们对社会现实不熟悉，在解决百姓的纠纷时就会无所适从，不仅不能解决问题，还可能激化矛盾，所以你们要多参加社会实践，了解社会现实，法律人需要的是一专多能。二是法律专业知识。他说法律是解决社会问题的，随着社会的

发展，法律也必须做出调整，你们一定要对新修改的法条有充分的敏感度，不仅要学习法律条文本身，还要研究法律出台的背景、实现的目的，这样在运用法律时才能得心应手。"

还有二妹李凤莲，她记得很清楚，在一个风清月明的晚上，大哥和她进行的那一番谈话，那么语重心长，那么谆谆教诲。也正是那一次谈话，彻底坚定了李凤莲努力求学的愿望，以不辜负哥哥的一片苦心。她回忆说："那是1986年的夏天，在一个月光皎洁的晚上，我和哥盘着腿坐在平房顶上一直聊到深夜。他给我讲考前是怎么努力学习的，给我讲城市条件的优越，告诉我农村孩子唯有靠知识、靠考试才能有出路，还给我讲了很多历史知识。其中我记忆最深的是他的这段话：咱也考中师吧，女孩子做老师挺好，并且不用上高中就能直接转户口、吃商品粮……那晚温馨的场景仿佛就发生在昨天。后来，哥帮我转到了我们当地最好的初中，为了能让我有一个新的开始，还给我重新换了个当时比较时尚的名字：李妍。从那时起到现在我就是一直用着这个名字。在接下来的一年里，我也像哥一样去发奋、去刻苦。到第二年中招考试的前两天，哥特意从郑州赶回来，还给我带了块女式金属手表，手表表盘周围镶着一圈芝麻大小的像钻石一般的红色饰品，漂亮极了！他说送我这个表是让我考试时方便把握时间。考试那两天他跑前跑后在考点学校为我坐阵。天公不作美！我面试那天，下起了牛毛细雨。

第四章 底色是善良，别人永远在前面

当我和同学步行五六十里再坐车匆忙赶到城里时，哥已经在那等我好久了，他已为我安排好住处。那是我这个山里姑娘第一次走出大山，第一次住进旅店，第一次来到梦想中的城里。功夫不负有心人！1987年，我顺利被沁阳师范学校录取，后来如愿当上了一名老师。从那时起，哥就成了我的天、我最放心的依靠！"

对于小他15岁的弟弟李军社，李庆军几乎是以一个父亲的慈爱来爱护和呵护他，以一个父亲的胸襟气度去教育培养他，此种情分何止天高地厚。

外甥女刘雯倩最喜欢的是大舅李庆军的家。想起过去的一幕幕，她止不住泪水涟涟："每次去郑州，大舅、舅妈都会带我和妹妹把郑州的大大小小的公园、游乐场都玩个遍。每次写作文，我总会提到舅舅、舅妈、李然哥，语文老师还经常在班里读我的作文，每当读到我去人民公园、郑州动物园、海洋馆这些地方时，同学们都会无比羡慕。每每这时候，我就无比自豪，因为我在省会郑州也有个家！大舅还是个爱书的人，他的书柜里放满了书。他不仅自己喜欢读书，还经常教育我们要多读书。记得上小学二年级时，大舅、舅妈带我和我妹、李然哥一起去新华书店看书。刚进书店，一套精装本的故事套书立刻吸引了我和妹妹。这个套盒里有《安徒生童话》《格林童话》《伊索寓言》等，涵盖了我们儿时喜欢的所有童话。最重要的

是里面的插画美极了！我们简直爱不释手！但这么漂亮包装的书价格肯定很贵，我们也不好意思直接问大舅要。细心的大舅很快看出了我俩的心思，他微笑着对我们说：'今天你们表现很好，大舅就送你们一人一套这个精装版故事书，李然表现也很好，要是喜欢也买一套。'我们高兴坏了！一人拿了一套。结账时听服务员说这套故事书一套100多，我和妹妹不约而同瞪大了眼睛。16年前100多块钱对我们来说可是一笔巨款呀！但大舅还是毫不犹豫地付了款。我们仨开开心心拿着书回到了大舅家，当妈妈看到大舅给我们买这么贵的书时，她唠叨说嫌书贵，大舅却用一贯慢悠悠的语调笑着说：'兴趣是孩子最好的老师，孩子们喜欢就值得买。'"

"后来上了高中，我学了美术。高三那年冬天来郑州集训，我有半年时间在大舅家住。那时候，大舅身体已经开始不好了。平常都是舅妈起床给我准备早餐。可是有一次，舅妈出差，我想着去外面吃早餐就多睡了会儿。起床后我就开始洗漱，突然听到厨房"砰"的一声响，我赶紧跑去看。原来是大舅在微波炉里热鸡蛋把鸡蛋给热炸了，弄的微波炉里到处都是碎鸡蛋和碎蛋壳。（原来大舅是不知道微波炉里不能热熟鸡蛋的呀）看到满地的狼藉，我和大舅无奈地相视一笑。之后他忙里忙外地给我冲牛奶、煮鸡蛋，听着他急促的脚步声和吃力的呼吸声，我心酸极了。吃完早餐，我快步赶往学校，虽然外面寒风刺骨，我的心里却是暖暖的。原来大舅是这样一个细心的人。那是我人生第一次单独离家。来郑州学画画后，我脱离了父母的监督，画画、学习就松懈了很多。周末总喜欢和同伴去火车站、银基那边买一些花里胡哨但又很便宜的衣服，一买就是好多件。大舅知道后，心平气和地教育我说：'心要操在学习上，花这么多钱来学习，不能在关键时刻掉链子。最后时刻要加把劲，要知道先苦后甜是正道。'自从那次谈心后，我把心都放在学习上，最终在高考时考出了理想的成绩。"刘雯倩回忆说，"再后来，我上了大学，受大舅影响，利用周末选修法学为第二学位，学习了很多法律知识，现在是一名服务山区教育的特岗教师。起初，我极不适应教师这个工作，当我絮絮叨叨地向大舅诉苦时，他语重心长地开导我，鼓励我努力去尝试，试着发现工作的美好。"

而每次回老家，面对法律意识依旧淡泊的父老乡亲，李庆军总是竭尽全力地去帮助，去施予。他迈进门槛和老父老母短暂问候过后，便开始接待一个又一个上门咨询的乡亲，或者亲自登门去问候当地的孤寡贫困户等，给予力所能及的关心和照顾。

二妹李凤莲在哥哥的19本日记中了解到这样一件事："哥有个叫李绍龙的发小在鹤壁工作，2014年患了胃癌，他每次去郑州看病都是哥跑前跑后找医院、联系医生、陪着做检查。

2015年的一天,李绍龙离世了,他的儿子第一时间哭着打电话告知了哥,哥和嫂子开车前去参加葬礼,在这段看来并不远的路途上,哥在车里做了两次透析!这些都是我在哥的日记里知道的,在那天的日记里哥还写道:'我和夫人是老家北李洼村里唯一为邵龙送行的人。'"

第四章　底色是善良，别人永远在前面

感谢不成又被照顾

李庆军从大山里走来，忠厚是他的风采。李庆军从乡村走来，善良是他的本色。在他工作后的年头里，来自家乡人的"大小麻烦"他都能积极帮忙、用心对待。

现年60多岁的邻居翟立智说起李庆军，那语气就像是说起自己的孩子一样自豪："2013年，我生病住了一回医院，花了不少钱。过年时，庆军回来就来了我家，坐了很长时间，跟我聊天。当知道我生病住院的事后，他二话没说，立马从兜里掏出200元给了我，还一直给我说，他事先不知道，要是知道就会多给我些钱。我相信他说的是真的，他一直都是宁肯自己苦点难点，也要帮助他人。"

"我儿子国胜后来去郑州工作，庆军知道后，就找到国胜，对他说有啥困难尽管去找他，还把我儿子带到他家里，洗洗澡、吃吃饭，就像对待亲人一样。我过意不去，抽了空特意去郑州想感谢他，没想到刚到郑州给他打过电话后，他就嘱咐我说，路不熟，让我就在车站边别乱动，他来接我。把我接到家后，又是切西瓜，又是拿饮料，我本想去感谢他的，却反而又被他照顾，他对人可真是亲呀。"翟立智说。

邻居李云涛说起李庆军来，也一度激动不已。"小时候放牛，我和庆军哥总是一起，他牵一头大牛，我牵一头小牛。担心牛打架伤到我，他就让我站在低处，他站在高处。后来庆军哥刚参加工作不久，一次回来，他买了苹果，自己舍不得吃却给我吃。我为了能多吃点，就对家人谎称庆军哥买了苹果却不给吃。后来不知怎么回事，庆军哥知道了，不但没怪我，还又给我送来几个苹果。"

让李云涛更为感激的是，他初中毕业后为上什么学、学什么技术而感到迷茫，他就和父亲一起找到李庆军，让李庆军帮忙分析情况。庆军不仅帮他分析了情况还帮着他选择、联系学校。他的老父亲第一次去郑州时，李庆军还专门带着他的父亲跑了一趟商业大厦，让很少出远门的父亲第一次坐上了电梯。他父亲心里别提有多高兴了。

第四章　底色是善良，别人永远在前面

一个间隔了四十年的电话

李庆军的一个同学，40年没有联系过的李晓莲，在2018年9月17日这天，破天荒地头一次拨通了李庆军的电话。

"40多年没有联系，你却有事找他，你觉得他会帮忙吗？"笔者好奇地提问。面对提问，李晓莲信心满满地说："庆军一定会接电话的，他肯定是能帮就帮的，因为我们都知道他的为人。"

李晓莲的话一点不假，或者说李晓莲是很幸运的。那天，她咨询的住房公积金等一系列问题，李庆军都一一耐心细致地给她作了讲解。"去年的9月17日，我有事想咨询庆军，就给他打电话，当时他没有接。我怕他是工作繁忙，就给他发了个信息。9月18日上午他给我回电话了，让我把我要咨询的事短信发给他，他很快就以信息形式耐心地给我分析案情，并给我指明解决问题的办法。9月18日下午，我又给他打电话，他没有接。"李晓莲哭着说。

然而，她所不知道是，此时的李庆军已经在重症监护室了。

在电话即将挂断时，李晓莲听到"晓莲呀，你的心情我能理解，你要相信你的病情一定会好的，我也在重症监护室"这句话，她的心咯噔一下，像是被什么刺了一下，钻心地痛。

"如果我知道是这种情况，我是无论如何都不会给庆军添麻烦的，可是，我却在他最痛苦的时候还打扰他。"李晓莲说起那天的事情，眼泪再一次溢满眼眶。

可是，李晓莲，更应该知道，能为她排忧解难，对李庆军来说，是快乐的、幸福的。

在李庆军生命的最痛苦的4年里，他也不曾忘记关心他人。他的一个同学不幸患病在老家去世，李庆军知道后，不顾身体的病情，驱车从郑州赶往鹤壁同学家，而在路上，由妻子开车，他则在车里做腹透。赶到地方后，他又满怀伤感，把随身装带的1000元随了葬礼。

等到李庆军去世的噩耗传出去，家乡父老、亲朋好友们都默默地哭了，他们一遍又一遍地念叨着："这么好的人，怎么就突然走了呢？他不也一直都好好的吗？"

第五章
斯人已逝，精神长在

在日记本里，马凤实发现了一张汇款单，上面显示 2008 年 5 月 15 日，李庆军向中国红十字会捐款 500 元。那年汶川地震，在单位集体捐款后，他又悄悄去银行捐了钱。

每年回老家，他都借口给孩子压岁钱接济困难村民。别人来咨询案件，他总是说："案子上的事儿我不能打招呼，法院会秉公处理，生活上有啥困难，跟我说。"

人民法官李庆军

美丽的谎言难结的尾

李庆军入住重症监护室后,在他的老家,有一对白发苍苍、风烛残年的老人每天都在默默念叨着:"这孩子怎么还不打电话?以前都是一个星期打两次电话的。"

一遍又一遍,两个老人将那个电话号码拨出去,又挂断,他们怕影响儿子的工作。

从今年中秋节开始,两个老人就盼星星盼月亮地等着他们的儿子回家团聚:

"你哥八月十五也不回来吗?"

"我哥说了,他这段时间工作太忙了。"二妹李凤莲赶忙编话说。

中秋节在一句善意的谎言中过去了。

又是十一国庆长假。

"这国庆节放好几天的假,你哥咋还不回来看看呢?"

"我哥忙,他们单位事太多。"二妹李凤莲又以忙为借口搪塞了过去。

第五章 斯人已逝,精神长在

接下来,气温下降,老人又开始了他们一年一冬的相聚:"再等等,我们就能去我儿子家过冬了,他那里有暖气,不冷。"

李凤莲等人听得心在流泪。

农历十月初一,是上坟祭祖的日子。李庆军的老母亲一直要求回村里去祭拜自己的父母,家人因为担心李庆军去世的事情泄露,硬生生将她劝住了。

家里的面吃完了,老母亲就对二闺女说:"过几天回去一趟磨两袋面,一袋你们吃,一袋给你哥送去。"

李凤莲等人听得泪往心里流。

最近几天,老人实在难受了,就不停地打电话,不停地抱怨说:"你哥的电话老没人接,他怎么跟以前不一样了?"

"我哥去美国了,得好长时间不能回来,电话费又贵得要命,不能接。"李凤莲天天在编故事,可去美国总要回来的,儿子总要给父母打电话的,这故事总要有结尾的。

是啊,这故事总要有结尾的。亲爱的朋友们,请告诉他们一个办法吧:怎么样才能给这个美丽的谎言一个完美结尾呢?

人民法官李庆军

无法"谦让"的荣誉

熟悉李庆军的人都知道，他不抽烟不喝酒，一年到头穿着法官制服，对自己抠门，对别人却很慷慨。

在日记本里，马凤实发现了一张汇款单，上面显示2008年5月15日，李庆军向中国红十字会捐款500元。那年汶川地震，在单位集体捐款后，他又悄悄去银行捐了钱。

每年回老家，他都借口给孩子压岁钱接济困难村民。别人来咨询案件，他总是说："案子上的事儿我不能打招呼，法院会秉公处理，生活上有啥困难，跟我说。"

2018年10月11日，河南省高院党组织决定为李庆军追记个人一等功。而这一次，他再也无法谦让。

2018年12月，在他去世后4个月，李庆军被评选为"2018年十大出彩河南人"。几句话，道出了他的一生：

手执法槌，他把公平正义作为毕生追求；心系百姓，他将群众权益视作头等大事。

多年来，他用精湛的审理水平和娴熟的调解能力成功化解

第五章 斯人已逝，精神长在

了一件件矛盾、一桩桩纠纷。身患重病，他首先考虑的是案件量在不断增加，不能因为身体原因影响工作，不能给单位和他人增加负担。

对待同事，他谦逊低调，工作不挑拣，荣誉面前往后躲；对待当事人，他耐心温和，时刻体谅困难群体的难处；对待乡亲，他善良淳朴，竭尽所能为大家解忧释惑。他从不给别人添麻烦，却从不怕别人麻烦自己，他是同事们喜欢的好搭档，是群众眼里的好法官，是家人心中的顶梁柱。

11年写下19本日记，80%记录的都是工作；25年办理无数案件，时刻不忘法徽下的誓言。他用生命书写了对党和法律事业的无限忠诚，用平凡谱写了一曲新时代法官的正义之歌，用奉献诠释了出彩河南人的执着与坚守。

网络上，素不相识的网友们，开始表达他们铺天盖地的追忆。

"党的好儿子，人民的好公仆、好法官！"

"平凡的人，不平凡的一生，致敬。"

"河南的好法官，中国的好法官！"

"普通人长期带病工作，不为名利只为事业这就是伟大之处。"

"我们虽然不能决定生命的长度，但可以扩宽生命的宽度。你在人生的舞台上演绎属于自己的精彩！"

……

李庆军的同事、同窗等，也纷纷通过留言表达了自己的看法。

"眼中的庆军朴实无华，看了他的日记方知他竟然是一位焦裕禄式的好干部。"

"庆军，为有你这样的同窗好友自豪骄傲。"

……

对于这一切，李庆军再也无从得知，也无从推却了。他家的阳台上，一把旧躺椅静静地放着，坐垫破了个大口子，露出海绵。这是李庆军生前在家里最喜欢待的地方。

然而，他留给时代、社会和家人的，却是重若泰山的财富。

第五章　斯人已逝，精神长在

一位父亲留给儿子的最宝贵的财富

在李庆军儿子李然的眼中和心中，父亲李庆军为人善良，待人谦和。生活中，除了偶尔对他管教严厉外，李庆军从不跟人生气、发火、说粗话，以至于让李然觉得他的父亲好像天生就不会着急发火一样。

"我父亲多次告诫我说，任何人都需要被尊重，不管他是高官还是普通老百姓。在我的印象中，不管谁有事咨询法律问题，父亲都是那么耐心，从不嫌麻烦。记得有一次周末下雨天，父亲正在做透析，突然接到一个电话，老家有人要来家里。父亲慌慌张张结束了透析，到大门口去接人。过了一会儿，父亲回来了，身后还跟着一个老家来的人，脚上穿着一双沾满泥的旅游鞋。父亲让他坐到沙发上，让我妈给他倒水，然后开始翻看他带来的材料，很耐心地回答他的疑问。眼看到了吃中午饭的时间，我肚子咕咕响，心里就说怎么还不走啊。父亲却完全没有时间概念，继续边看边问。我妈提醒说到吃饭时间了，父亲这才抬起头，看看墙上的表，让我妈去打几个荷包蛋给老家来的人。老家来的人很感动,连声说谢谢。这一切我都看在眼里记在心里,让我也学会按照父亲的样子去尊重别人。"李然强忍悲痛地说,"父亲很好学,很热爱所从事的法律工作。每逢在家休息,只要一有空,就会捧着书或材料看。由于身体不好,家里专门给他买了一个躺椅,放在阳台上。所以我就经常看到父亲躺在那里,戴着老花镜,手里拿着笔,边看边画。有时候父亲会放下手中的材料,喊我过去,我们父子俩一起讨论一些法律问题。听我母亲说,前年实行法院法官员额制考试,父亲下班后晚上几乎不出门,包括他最喜欢的散步也很少去了,就是在家里看书学习。由于病痛的影响,父亲精神不济,有时看着看着就难受地皱几下眉头,揉揉眼睛。成绩出来后,父亲非常高兴,要请我母亲吃饭。他经常对我说:'你所看过的书,所学到的知识都会赋予你力量,尤其是法律。'因为受父亲影响,我也选择了法律。"

李然说,他看到家里摆放的最多的就是药。"我家里有很多药,都是父亲吃的。我天天看着他一天三顿大把吃药,有时饭吃两口就从盒子里拿出药来吃。家里每月都要去买腹透液,放在卧室里,整面墙都要被堆满了。在2012到2014年左右,父亲由于尿酸高,经常痛风,从脚到膝盖疼痛难忍,无法正常行走。家里专门买了一根拐杖,颜色是金色的。我看到母亲买来生姜,放在火上烧热,捣碎后用毛巾裹着敷在他的脚上。到

第五章 斯人已逝，精神长在

单位上班时，父亲不愿意拄拐杖，就穿着厚一点、宽一点的裤子，盖住腿上的毛巾，一瘸一拐，慢慢走。看着父亲的背影，我的眼泪情不自禁地就流了下来。为了按时上班，不影响工作，父亲每天都要在早上6点起床，要开庭的日子会更早。做完腹透后，他来不及吃早餐，就天天把早餐放在包里带着，匆匆忙忙去上班。在父亲2014年3月份的日记里，几乎都写着'上午输液，下午上班，批几件案件'；在多篇日记里，父亲写道：'上午，医生交代好好休息；下午，到单位正常上班''医生说，必要时工作可放一放'等话语。在2018年的日记里，看到上面写着每周六都在单位加班，直到9月2日父亲手术前一天。我想象不到父亲是怎样忍受着病痛折磨在坚持工作，是怎样对待他所挚爱的法官职业。"

或许，有的人留给孩子的是住不完的套房，是挥霍不尽的钱财，是享受不尽的荣华富贵。而李庆军，一个公正的法官，留给儿子的只有清正廉明、两袖清风。

而这，必然是一种无尽的财富。

采访临近结束时，翟立新向我们讲述了这样一件事：今年春天，《济源晨报》刊登了一则图文消息，大意是一位年迈的老太太蹬着三轮车上一个陡坡时很显吃力，旁边一个私家车车主看到后，赶紧停车来给老太太推车。而这位老太太就是李庆军的老母亲，一位培养了一位忠诚无私、爱国奉献的党的司法好干部的母亲。

这是一个巧合。

这又不是一个巧合。

正所谓赠人玫瑰，手留余香。李庆军用几十年的无私无畏的奉献和默默无闻的赤子之心，也为他人也为自己的母亲换来了更多人更多次地默默相助。

"愿人间少一分争斗，多一分和平。"这是李庆军终生矢志不渝的努力和坚持，也是像李庆军一样的广大司法工作人员的毕生追求和奋斗目标。

英雄永不会走远！

第五章 斯人已逝，精神长在

总有一种平凡让人泪流满面
——追记省高级人民法院立案二庭副庭长李庆军

《河南法制报》首席记者 吴倩　记者 王东　通讯员 赵栋梁

普通亦平凡。

每天往返于家庭、单位之间，按时上下班，看材料、查卷宗、调案件，有时也会加班，但中午必回家吃饭。如果非说有什么特别的，那便是每月请一天假去北京一趟……这也许便是河南省高级人民法院立案二庭副庭长李庆军想要的普通生活，很平凡，平凡得不会引起人们过多关注。然而，就连这样的普通生活，都不眷顾这位54岁的法官。9月28日8时9分，李庆军因病去世。

"平时没见他有啥大毛病，咋就突然走了？"看到李庆军去世的讣告，很多同事都不敢相信。

平凡而伟大。

去世后，大家开始谈论李庆军，才发现了他的"不平凡"。

2014年被医院确诊为尿毒症，直至去世前，每天最少4次腹膜透析，五年如一日；每月一天，自己提着装有透析液和透析装置的箱子，乘 K180 次列车赶到北京做检查，甚至在火车上自己做透析，次日下午返回郑州继续上班，五年如一日；每天忍受病痛并与之抗争，到单位与别人一样工作，五年如一日……

这次，他决定做手术，打电话安排好工作，说"我要休息一段时间"，之后却再也没能回来，再也没有之后的"五年如一日"。

镇定如他 去世前连打13个电话交接工作

"我要休息一段时间，禹州电缆案，6日以后联系当事人让双方再谈一次，科信公司找韦×，禹州找彭×，调不成还按原定发回重审，看一下合议庭成员是不是员额法官。卷在柜子上。"

2018年9月2日，患尿毒症5年的李庆军准备做换肾手术。也许知道这次再不能像之前一样扛过去，于是，他一边做术前检查和透析，一边打电话跟同事交接工作，并专门给任方方等同事发短信安排自己原本计划好的调解工作。

他一连打了13个电话。电话中，李庆军的声音已经不再如之前那样洪亮，但他强忍疼痛，显得很镇定。此时的他，面容消瘦，已经没有一点儿光泽。

同事任方方接到短信后，一边按照李庆军的计划调解案件，

第五章　斯人已逝，精神长在

一边打听李庆军的病情。由于术后对无菌环境要求严格，任方方还没来得及前往看望。

"我想着处理完案件再去看望他，好让他高兴高兴……"任方方说，她怎么也没想到，这一次与李庆军的案件沟通，竟成了永诀。

2018年9月28日8时9分，李庆军因病去世，年仅54岁。

低调如他　同事都不知道他的病情

"李庭长不是就腿疼吗？我们只知道开庭和合议时间长了，他会不舒服，有点坐不住。"李庆军在大家眼中就是一个普普通通的法官，与别人似乎没有什么不同。看到他去世的讣告,不光法官助理王峰很惊讶,很多同事都无法接受,甚至不敢相信。

法官助理程保华回忆说:"有时候看到他脸有些浮肿,问他,他总是笑着说有点风湿。"

"我只知道他因为身体原因经常不能喝水,夏天有时跟当事人说话说得口干舌燥,舌头都发僵了,却还是坚持把法理跟当事人解释清楚。"书记员豆中银从2013年进院就与李庆军在一个庭室工作,他眼中的李庆军与常人相比并没有太大的不同。

立案二庭庭长卜发忠至今还在自责:"庆军9月2日给我打电话,说近期可能要做个小手术,不太方便联系,半个月后就来上班,把一些工作进行了交接,具体什么手术也没说。请假时间到了之后,因为要办续假手续,我从他家属那里拿到了诊断证明书,这才知道他平时是忍着严重病痛和我们一起工作。"

"庆军是个坚韧要强的人,他不想让别人把他当病人看,怕大家照顾他。他总说,我少干了,别人就得帮我干。所以同事们也一直不了解他的病情。"李庆军的爱人马凤实提起丈夫,眼泪就止不住地落下。"庆军以前就患有高血压和慢性肾炎,2014年被医生确诊为尿毒症,2016年曾患轻度脑梗死。我们的父母、家人,甚至关系很好的邻居,都不知道他的病情。庆军常说，别因为他的病影响了亲属和朋友的工作和心情，让大家为他担忧，背上精神压力。"

顽强如他 5 年间每日 4 次自己透析

2018 年 9 月 1 日，星期六。由于近年来案件数量激增，省高级人民法院已经形成了"周六正常上班"的工作氛围。对李庆军来说，这一天与数年来工作的日日夜夜似乎并没有什么不同。

6 时，随着闹钟响起，李庆军开始准备在家的第一次腹膜透析。针对李庆军的病情，医生推荐了血液透析与腹膜透析两种治疗方式，但血液透析需借助血透机，每周要到医院 3 到 4 次，每次大约 4 个小时。为了不耽搁正常工作，李庆军决定自己在家中进行腹膜透析。

对于很多人来说，腹膜透析是个陌生的词汇。李庆军的腹部通过手术植入了一根硅胶"腹透管"，每天将"腹透液"定期灌入和排出腹腔，用自身的腹膜代替肾脏，来清除机体代谢物和多余的水分。李庆军使用的透析液一袋重 2 公斤，每次开始前要先洗手，戴口罩，房间里每天两次进行紫外线消毒，根据身体状况的不同，每次腹膜透析需要 30 分钟到 50 分钟不等，如果腹透液流入或流出速度过快，就会出现腹痛腹胀、身体乏力、怕冷、易烦躁、恶心甚至呕吐的情况。有时候透析时间长了，李庆军就拿上妻子准备好的两个鸡蛋和面包匆匆赶往单位。

中午下班后,李庆军赶回离省高级人民法院近8公里远的家中,开始当天的第二次腹膜透析。透析结束后,他和家人一起吃过午饭,又返回单位工作。

省高级人民法院签到机9月1日晚留下的影像资料显示,李庆军当日18时30分离开单位,与他平时工作日离开的时间差不多。

回到家里,他需要再做两次透析才能入睡。

"今年7月以来,他的透析管道口化脓发炎,又痒又疼,皮肤上经常是一道道血痕。"据妻子马凤实讲,他尿酸高的时候从脚到膝盖都疼痛难忍,无法行走。在家需要拄拐杖的他,去单位就用毛巾包住腿,穿上宽一点的裤子。他的左胳膊和左腿经常发麻,脖子后的一根大筋时常疼痛,冬天尤为严重。

五年如一日,他看似与别人没有什么两样地勤勉工作,而背后却默默地与病痛抗争。

平淡如他 不争不抢"三不伸手"

2017年12月,在省高级人民法院法官员额制考试中,李庆军的民事专业考试成绩在全院排第四。

"李庆军是89级西南政法大学的民诉法研究生,专业水平很高,他平时一直热衷于钻研民事审判前沿业务。民事法律变更快、内容多,他一有时间就看书学习,和同事交流业务知识。"法官肖贺伟回忆起李庆军,唏嘘不已。

2001年,李庆军拟写的裁判文书曾获得"全国法院优秀民商事裁判文书"三等奖,被评价为"针对性强,逻辑严谨,言之有据,判决结果具有说服力。体现了法官居中裁判的身份和地位,避免了法官凭主观之嫌,符合司法公正的要求"。

审监庭副庭长林秀敏与李庆军是多年的同事,在工作中两个庭室又有业务对接关系,她说:"从立案二庭转来的案件,庆军提审的案件都非常到位、专业,抓问题非常准,与我们的改判意见也基本上都是一致的。"根据院里的业务分工,李庆军所在的立案二庭主要从事建设工程、房地产开发等合同纠纷案件一、二审裁判及再审审查工作,这类案件在民事审判中最为复杂、烦琐。据统计,2016年,立案二庭共结案2610件,李庆军团队共结案849件;2017年,立案二庭共结案2686件,李庆军团队共结案667件;2018年截至8月底,立案二庭共结案1309件,李庆军团队共结案360件,仅他个人就结案121件,是全庭办案最多的法官。

2018年上半年绩效考核时,庭长卜发忠根据大家的办案情况,打算报李庆军为"优秀",却被他婉拒了。他说,把"优秀"让给更需要的年轻人吧,激励他们更好地工作。

总是把荣誉和好事让给别人,在荣誉和利益面前不争不抢、不跑不要、坦然面对,这是同事对李庆军的一致印象。

赔偿办主任周志刚给他做了个总结,叫"三不伸手":

一是不向领导伸手。身处别人觉得不好的岗位,他不挑肥拣瘦去要求调整。他带的办案团队人员最多,案件也分得最多。每个案件他都参与研究审理,工作如此繁重,他从没有提过要减少案件。

二是不向当事人伸手。有济源老乡大老远专程跑来找他说情办事,他总是先自掏腰包请老乡吃饭,然后认真看人家带来的材料,没理的就解释清楚让人家回去,有理的就建议走法律程序,该怎么办怎么办。

三是不向同事朋友伸手。他有着坚韧要强的性格,总是只想着怎么去帮助别人,但你要是让他去求谁帮忙,这是他不能接受的事情,他不会去张这个嘴。

他用自己的一言一行,诠释了何谓法官的公正谦抑品格。

坚韧如他 每月独自到北京查病情

一抽屉药物,一抽屉面包。

这是李庆军去世后,他的家属到办公室整理遗物时发现的。看到这些,家属泣不成声。

"面包应该是庆军的早餐吧。"妻子马凤实说,每天早餐李庆军做完透析后便要匆匆赶到单位,没时间吃早饭,面包是让他到单位吃的。"其实,做完透析后,他的身体虚弱,出现反胃、恶心等症状,根本吃不下东西。"

"藏这么多,也许是不想让我们知道他的病情吧。"法官助理程保华回忆说,有时候看到他脸有些浮肿,问他,他总是笑着说有点风湿,大家也就没太注意。

据家人回忆,5年来,李庆军与医生约好,每个月都要找一个周二请假去北京大学第一医院复查身体。每到这时,李庆军就买好周一22时12分出发的K180次列车,下班后带上装有透析液和透析装置的箱子赶往车站。火车上,他还要自己做几次透析。偶尔遇到好奇的乘客,他会笑着解释:"没啥事,做个小透析。"次日6时16分下车,直接赶往医院复查,检查完后,李庆军总是火急火燎地坐高铁于当天下午返回。一回郑州,他总要先回办公室,把当天落下的工作补回来,才拖着疲惫的身体回家。

以后,K180次列车依旧每晚准时开往北京,但再也看不到那个拖着箱子赶车的身影了。

善良如他 尽力帮乡亲答疑解惑

李庆军出生在济源山区,是一个农村走出来的苦孩子。1986年7月,他从河南大学政治系毕业后分配到郑州牧专工作,响应党的号召在栾川县工科中专扶贫支教一年,1993年3月经过遴选调入省高级人民法院，1997年3月加入中国共产党。他对妻子说，他特别珍惜法官这份工作，除了研究法律和判案，自己也没有其他擅长的，所以要努力把这两件事做到最好。

他进入法院工作后，每年过年一回到村里，乡亲们就纷纷上门，围着他咨询自己遇到的法律问题。妹妹李凤莲家里张罗了团圆饭，左等不来，右等不来，过去一看他还在跟乡亲分析问题，生气地问："你这大老远回趟家是来看谁的啊？"他抱歉地笑笑："乡亲们问我事儿是信任我，得给人家讲明白。合法的咱就靠法律维权，别把有理的事情用过激的手段变成没理，不合法的就给人家说清楚，让他也别闹事，闹也没有用。"

帮忙料理后事的邻居彭迪提起李庆军，充满了感激："我远在江苏徐州的弟弟替别人担保了一笔200万元的债务，借款人躲债下落不明，他本打算离婚、卖房，自己也出去躲债。我找庆军帮忙，他通过电话开导弟弟，帮他分析问题，建议他通过法律程序来解决纠纷。最后，弟弟的问题得到了妥善解决。要不是庆军，我弟弟现在还不知道在哪里藏着呢。"

比李庆军小17岁的堂妹李菊霞，从小就看着哥哥用所学的法律知识为大家解决纷争。"我哥常说，法律是非常有用的专业，学了法律就能帮助别人。在我心里，法官是最光荣的职业。"在李庆军的影响下，李菊霞考入重庆市第一中级人民法院，成为一名法官助理。

第五章 斯人已逝，精神长在

入职以后，尤其是近年来面对案多人少的问题，李菊霞压力很大，跟哥哥打电话倾诉，说案件太多了，太累了。李庆军开导她："我们的工作对社会非常有意义，每份裁判文书都有它的创造性。我们每多办一个案件，社会就会少一起纠纷。"

对儿子李然本科专业的选择，他也建议："学法律吧，对社会有用。我希望你以后也能做法官，因为你内心善良，崇尚公平。"

公正如他 用耐心让每一名当事人满意

对很多人来说，李庆军留下的只言片语，虽质朴无华，却历历在耳，言犹未绝。

河南首航律师事务所的年轻律师李晶至今对李庆军复查的一起建设工程施工合同纠纷案印象深刻："我因为这个案件认识了李庭长。这也是我第一次与高院的法官打交道，在交流时遇到意见不一致的地方，李庭长会认真耐心听我一个年轻律师充分发表意见，这是一直很紧张的我没想到的。今年8月，案件结果出来了，跟我和我的当事人预期相差甚远，再见李庭长时，我们的情绪有些控制不住，但是李庭长依旧不急不躁、态度和蔼，对我们提出的每一个问题都耐心释法明理，最终使我和当事人认识到了自己的问题，心平气和地接受了裁定结果。"

书记员豆中银回忆说："我刚来工作的时候就跟着李庭长，

每周他都会让我通知10个再审审查案件的双方当事人前来接受询问，同时安排二审开庭工作。每个卷宗他都会在询问前仔细阅卷，搞清楚争议焦点和问题实质。在询问时，他会耐心听当事人把话说完，再认真解答。他说，很多当事人进法院是带着火气的，原因就是有话没处讲、没人听，你让他把话说完了，他的火气就小了一大半。我们的工作不仅是要办结案件，更要化解矛盾。"

李庆军办理的诸多案件中，不乏抱怨社会不公、情绪激动的当事人，经过他的耐心接待，很多案件最终都以调解的方式解决了，他也因此多次被评为"先进工作者"。

敬业如他 为法官生涯画上完美句号

"老李常说，法院是专门说理的地方，大家做这份工作，一定要对得起自己的良心，对得起党！"法官于保林至今仍记得李庆军这句掷地有声的话。宽厚的李庆军也不是一个没有脾气的人，对再审案件，他的态度是不考虑其他案外因素，只要发现有错就要纠正。针对个别案件遇到找关系打招呼的，他对自己的审判团队成员说："不管谁找，法律底线不能突破，要坚持原则。大家只管依法办案，有什么压力我来顶着！"

李庆军是一个实在的人，办案中只知道按照法律和规定办事，公正到铁面无私、不近人情；他是一个善良的人，时时处处体谅当事人的难处和诉讼的不易,用耐心、真情和善意化解了一起起纠纷;他是一个坚韧的人,在完成繁重办案任务的背后,五年如一日与严重的病痛坚强抗争,不求组织照顾,不给同事添麻烦;他是一个低调的人,在荣誉和利益面前不争不抢、不跑不要,总是让着别人,坦然面对,默默无闻。这就是李庆军,他是河南法院万万千千默默无闻践行着焦裕禄精神的一名普通法官。他爱岗敬业、循规遵矩,无私奉献、淡泊名利,心系群众、至诚报国,正如习近平总书记在兰考调研时所说:"很多东西存在的时间虽然短暂,但这短暂铸就了永恒。"

平凡因坚守而伟大,奉献因执着而可贵。

他的坚守与执着,给身边的同事以及案件当事人留下了永不磨灭的印迹。同事们回顾起与他共事的日子,想起他一切如常工作背后的默默付出与坚持,仿佛在心里点燃了一盏灯:它永不熄灭,默默无声,引领着大家砥砺前行。

"继续努力工作,把自己的每个案件办好,这是对李庭长最好的缅怀。"立案二庭法官焦宏的声音沉重而又坚定。

人民法官李庆军

李庆军：与病魔抗争，仍坚持工作

《河南法制报》首席记者　吴倩

> 写文书。伤口发炎，北大医院电话让继续输消炎药左氧氟沙星，晚上去输。近日晚上总失眠，半夜不睡。
>
> ——李庆军日记

5年前，河南省法院立案二庭副庭长李庆军被确诊为尿毒症后，医院给出腹透、血透、肾脏移植三种治疗手段供选择。医生讲明，血透虽效果较好但占用时间长、必须去医院。

为了不耽误工作，李庆军选择最受煎熬的腹透治疗。做腹透必须有较好的环境，病人也必须有超乎寻常的自控力和意志力。医生介绍，腹透需要每4个小时做一次，一次需半个小时甚至更长时间，一天至少做四次。让很多人备感艰难的是，腹透需要对一日三餐饮食进行严格控制。

事实上，李庆军在用非同一般的毅力与病魔进行着最顽强的抗争。李庆军的妻子马凤实带我们走进他们家他做腹透的无菌房间，房间里靠墙摆放的是十几箱还没来得及使用的腹透液，床头柜的抽屉里放满了药盒。

第五章 斯人已逝,精神长在

马凤实说,每天早上 6 点起床后,李庆军做的第一件事就是腹透,不顺利时要做四五十分钟。来不及在家吃早饭,她就专门买了保温袋,让李庆军将鸡蛋、面包、牛奶等带到单位吃。但很多时候,李庆军在单位根本没时间吃。

李庆军中午回家后再做一次腹透,经常是做着做着就睡着了,下午下班到晚上睡前还要做一两次。"他每次外出或出差,我都是他的贴身护士,他走到哪里我就跟到哪里。我要负责搬运至少一箱几十斤重的腹透液,还要背上装有各种必需品的两三个大包。同时负责打针。"

马凤实说,这个病,李庆军从不愿跟人提起。他不愿让亲朋好友为他担惊受怕、操心。"他不能多吃盐,不能多喝水,所以我俩吃饭时基本不熬粥,我的一日三餐也慢慢地跟他越来越同步。他一直在积极乐观地治病。"马凤实说。

回忆起哥哥李庆军,李凤莲说:"在手术住院时,一个做了血透的病友就很不理解我哥,他说做血透多好,虽然占用时间多、要上医院做,但想吃啥就吃啥,可以少受点罪。我哥倒好,为了能边治疗边继续按时上班,硬是选择了腹透这个超强难度的治疗手段。"

5年来,除了妻子,几乎没有第三个人从头到尾、原原本本地看到过李庆军进行腹膜透析的全过程。直到9月2日,在医院的病房里,迫于无奈,李庆军才不得不在众人面前"曝光"了腹膜透析全过程。

9月2日是李庆军进行肾移植的日子。下午1点50分左右,在病房内,李庆军像往常一样,戴上老花镜,把一个两公斤重的透析液放到专用加热袋里,加热至适合人体的温度时取下来挂在身旁的输液架上。他戴上专用手套,把输液管子小心地放到无菌箱中和身体上的接口进行对接。他一会儿看看上面流入的液体有多少,一会儿又低头瞧瞧地上袋子里的液体有多少。电话响了,他就腾出一只手接电话,另一只手继续做腹透。整个流程做下来,他是那么熟练和认真。2点20分左右,一次腹透做完。这次腹透也成了他生命的最后一次腹透。

□记者手记

第五章 斯人已逝，精神长在

一个看上去整天笑呵呵的人，一个看上去永远不会被困难吓倒的人，一个看上去整天激情满满的人，病中的李庆军每天竟然得做三四次腹透。这其中的煎熬，作为旁观者看一次都发怵，很难想象李庆军如何坚持了5年。李庆军这种坚持的背后，是他对审判工作发自内心的爱。

时代呼唤李庆军

□本报评论员

自《河南法制报》于2018年10月10日08至09版刊发《总有一种平凡让人泪流满面——追记省高级人民法院立案二庭副庭长李庆军》，首次重点报道了省高级人民法院已故法官李庆军的典型事迹以来，国内众多媒体对李庆军的典型事迹进行了连续报道。自此，李庆军——一个新时代好法官的形象逐渐被广大群众所认知。

本周，《河南法制报》又连续刊发了"寻找李庆军系列报道"5篇，深度挖掘李庆军感人事迹背后的故事，带着大家一起走进他的精神世界，感受他信念坚定、司法为民、敢于担当、清正廉洁的精神风貌和守护司法公正的赤诚情怀。

李庆军长期从事民事审判工作，忠于职守，秉公办案，近3年来主审案件217起，无一错案和上访缠诉，收到良好的法律效果和社会效果。因长年超负荷工作，他积劳成疾、身患重病，但仍以顽强的毅力默默坚守在审判工作岗位，用生命书写着对党的忠诚和对审判事业的热爱。

李庆军以精湛的业务、崇高的操守诠释着"人民法官"四个字的深刻内涵，用平凡的坚守捍卫着法律的神圣，

不愧为"新时代的好法官"。他忠于人民、忠诚法律的崇高品质，公正司法、守护正义的职业追求，坚韧不拔、忠诚履职的顽强意志，严谨细致、开拓进取的工作作风，善良正直、清正廉洁的高尚人格，不仅值得每一个政法干警学习实践，而且值得全社会学习弘扬。

人民群众是从法官的一言一行中形成对法院的认识，对公平正义有所感受的。法官队伍的政治素养、能力水平、廉洁形象，直接关乎广大人民群众对司法公正的评价。李庆军就是人民感知法院工作、感念人民法官、感受公平正义的典型代表。

近年来，全省法院系统涌现出了闫胜义、朱正栩、尹应哲、李玉香、李其宏、姬海朝等一批全国模范法官，他们都像李庆军一样信念坚定、司法为民、敢于担当、清正廉洁，成为新时代好干部的典范，成为人民群众心中的英雄，属于出彩河南人。

时代呼唤像李庆军一样的好法官。在当前的改革深水期、社会转型期和决胜全面建成小康社会的关键期，建设中国特色社会主义新时代，人民法官肩头有沉甸甸的责任。

第五章 斯人已逝，精神长在

党和人民对法治建设、司法公正寄予厚望。法官这个职业掌握着法律赋予的最终裁判权，作为维护国家法治的特殊群体，其理想信念、职业精神、综合素质直接关系着法治的进程和公平正义实现程度。

缅怀李庆军同志，学习他的崇高精神，就是要以李庆军等模范群体为榜样，牢记使命，不忘初心，心系群众，勤奋工作，在平凡的岗位上，用铁一般的信仰守护公正、用铁一般的信念服务人民、用铁一般的纪律清正廉洁、用铁一般的担当恪尽职守，用坚实的脚步走出一条不平凡的路，用挺拔的双肩扛起公平正义。

人民法官李庆军

年轻法官的良师益友

《河南法制报》首席记者　吴倩

在省法院，年轻法官遇到心理问题，立案二庭副庭长李庆军总是能及时发现并帮助化解；案件当事人情绪极端时，李庆军总是耐心开导，努力解开当事双方心中的疙瘩。智慧和担当，是李庆军身上最显眼的一个标签。

李庆军助理王峰至今都清楚地记得，2013年，他从基层法院遴选进入省法院，初来乍到，面对案件多、案情复杂、专业知识欠缺等种种困难，感觉心理压力巨大，前路迷茫一片，甚至一度产生打退堂鼓回老家的念头。

有一次，他和李庆军参加培训班住一个房间，其间，李庆军耐心做他的思想工作，不厌其烦地开导他，鼓励他放下思想包袱，端正心态，虚心学习，逐渐化解了他心里的阴云，让他找到了自信。

第五章 斯人已逝,精神长在

法官助理王卫霞也是在李庆军的熏陶下成长起来的年轻法官。当问她为什么来省法院时,王卫霞回答说,人要有追求,李庆军当即勉励她,有人生追求固然很好,但还要经历很多磨炼,并有意栽培她,鼓励她。审签裁判文书时,李庆军总是一丝不苟,认认真真,对任何一个标点符号都不放过。以至于王卫霞在很长一段时间里,送文书前都不知要看上多少次,以确保准确无误。正是在李庆军多方面的鼓励和帮助下,王卫霞进步明显,各项工作都有了很大提高。

黄爱玲法官讲述了一件让她难忘的事情。在她办理的一件再审案件中,有一个来自商丘的年轻人,为了争夺父亲留下的一套房产,不顾母亲年迈,多次上访和母亲打官司。

有一次,这个年轻人又来到她办公室要求开庭审理,让她不可思议的是,对方居然怀抱着他已故父亲的骨灰盒。黄爱玲不觉气从中来,难以控制情绪。李庆军知道情况后告诉她:"不管来的是什么样的信访当事人,作为一名法官,都应该认真对待,认真履行法官的职责。"后来,他又详细了解了案情,从人情、法律等方面耐心细致地做当事人的思想工作。最终,此案由她和李庭长到当事人所在地开庭。从下午3点多一直持续到晚上9点多钟,她几次劝李庭长中间休庭休息休息,可他坚持着开到最后,还又一而再、再而三地做当事人的工作。最后,当事人和他母亲对审判结果都很满意,这个官司得到了温情的解决。"这不能不说，是李庭长热心的劝解和春风化雨般的用心融化了这对母子间的坚冰。"黄爱玲感慨道。

记者手记：

无论面对同事，还是案件当事人，李庆军都体现了自己的担当。与年轻同事相处时，李庆军善于发现他们心中的压力，并且帮助他们化解，在他们遇到工作难题时，李庆军也是不厌其烦地教会他们处理方法和技巧，一个个年轻的法官，在他的带领下快速成长。

在审理案件时，李庆军总会想法做好当事人的心理疏导，在繁重的工作任务下，也都耐心细致地审理好每一个案件，摒弃"结案了事"，追求"案结事了"，体现了一个法官的智慧与担当。他用自己的行为，让当事人见识了法律的无情，也感受了法律的温度。

日记摘录：

2012年2月22日

一上班，接待×××夫妇，两口在门口等了两天，非要拿相关手续。我告知同意进入再审，经劝解，同意回家，等候进入再审的手续。两口对我本人完全没有意见。

第五章 斯人已逝,精神长在

李庆军:公正司法,尽心尽力做好工作

《河南法制报》首席记者 吴倩

2018年9月1日,周六。上午加班文书。合议案件。

——李庆军日记

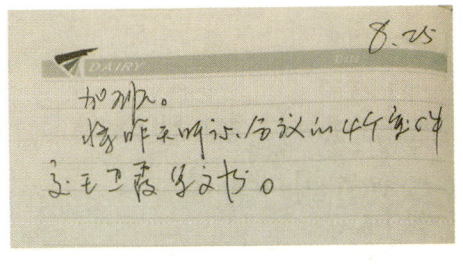

对于省高院立案二庭原副庭长李庆军而言,工作无疑是最重要的,就连生病住院期间,他也要求助理将案卷抱到医院,交给他把关签审。

"去医院看望李庆军,说了半天话都在谈工作。"说起李庆军,省高院立案二庭庭长卜发忠掩不住脸上的悲伤和痛心。于他而言,李庆军是工作中的好搭档、生活中的好朋友。在工作上,几经变动,李庆军先后从民庭调到审监庭、赔偿办,又到立案二庭。无论身在哪个部门,李庆军都兢兢业业、勤勤恳恳、任劳任怨、不挑不拣,可以说是干啥爱啥。他所带领的团队从不甘落后。由于他带领的团队最多时有5名法官和多名助理,相应地所负责的案件也多,但他硬是凭着专业的法律知识和勤勉的工作态度,较好地完成了各项工作。

李庆军的身体情况不太好,这在省高院早已不是什么秘密。正因为这不是个秘密,才让他又得以隐藏了一个更大的秘密。

谈起李庆军的病情,泪水再一次模糊了卜发忠的双眼。他清楚地记得,2018年9月1日是个周六,因为在"百日办案竞赛活动"期间,大家都在加班,直到傍晚6点多下班。第二天10点多钟,卜发忠接到李庆军打来的电话,说要住院,并向他交代案件情况、团队建设等。"我问他为啥住院,他始终也不说,只说请假半个月,半个月内不方便联系。"

2018年9月19日,李庆军申请延长病期时,卜发忠才从医院开具的证明上知道李庆军的具体病情。中秋节放假期间,卜发忠和爱人一起去医院探望李庆军,见面没说几句话,李庆军就把话题转到了工作上。"他一再对我说,还有几个二审案

第五章 斯人已逝，精神长在

件已经合议过，判决书得抓紧时间写。哪几个实在调解不成的就开庭审理，还有哪几个是要复议的。旁边他爱人和我爱人也一直劝他不要再谈工作了，可没说两句别的话，庆军就又转到了工作上。总之，那天他谈的基本都是工作。"

庆军体重最重时有一百六七十斤，后来却瘦得皮包骨头，"你说，他这么拼命工作，得有多大的毅力支撑着"。住院期间，李庆军让助理王卫霞将案卷送到病床前签审。王卫霞清楚地记得，2015年，李庆军住院期间，她和另外7个人一起，每隔两三天就会抱上厚厚的一摞卷宗跑去医院，交给李庆军把关审签。王卫霞说："我一次一般会抱二三十本，两天后再抱一摞新的，去医院换取审签完的卷宗。他总是审签得特别认真。"

"真不知道李庭长忍受了多少病痛的折磨，是什么支撑了他如此坚强的工作劲头。"王卫霞感慨，正是那段日子，她从李庆军身上感受到了工作热情展现出的巨大力量。李庆军的助理、书记员豆中银说，他和李庆军在一个办公室工作，平时大家工作都很忙，李庆军不是在接电话，就是在看卷宗，要不就是去开庭，很少看到他有不舒服的时候。"就是觉得他喝水比较少，即使喝也只是抿一小口，湿润湿润嘴唇。我有时问他喝不喝菊花茶，他说不喜欢喝茶。"豆中银说，李庆军给人的感觉就是他根本没有生病，"说起工作来，他往往比年轻人更有精神"。

记者手记

"尽心尽力做好本职工作,是热爱工作的最起码表现。"这是李庆军最常对同事说的一句话。什么才算是做好本职工作,可能每个人心中都有一个标准,而且这个标准,会随着客观条件变化而变化。客观来说,作为一名身患重病的法官,李庆军有权利要求组织给予照顾,甚至办理病退,最起码也可以要求减少工作量。但李庆军知道,工作量那么多,人员是固定的,自己少干一点同事就要多干一点,正是基于这种考虑,他从来没有说出自己的病情,寻求特殊照顾,反而隐瞒自己的情况,希望组织对他"一视同仁"。虽然,我们不鼓励这种带病工作行为,但我们却无法不为这种职业精神而感动。

第五章　斯人已逝，精神长在

李庆军：恪守法律，全力普法为乡亲

《河南法制报》首席记者　吴倩

上午接待从邵原来的王某龙。（王某龙）当过社办林场工人、乡临干、区主任，91年被淘汰（工作），现（涉）劳动争议，也很可怜。（我给王某龙）解释了政策规定。

——李庆军日记

作为一名法官，李庆军每天面对各种各样的案件，接触形形色色的当事人，承受着高强度的工作压力，本职工作可谓应接不暇。但是，他以带病之躯坚守工作岗位，其间还忠实宣讲政策法规。

"回郑州前，他饭都没吃，先给我讲案子。""我没有见过他本人，只知道他是省法院的法官，我当初想他肯定很威严、很不容易接近。我想错了。他和我想象中的真不一样。"济源市邵原镇王庄村村民李长河向记者讲述了那天他见到李庆军的一幕。

2017年，李长河的儿子在对方醉酒横躺路面、天黑不知情等情况下，撞到了对方。因为害怕，李长河的儿子选择暂时躲

避,没有及时投案,导致被警方追捕,后被判决赔偿对方高额费用。在迷茫无助时,李长河想起了李庆军,认为责任完全不在他儿子,希望不用支付高昂的赔偿费。

李庆军耐心细致地看完案情,认真听了他的讲述,之后一项一项地给他讲解法律法规,告诉他肇事后不能逃走、不能躲避,唯一的出路就是配合调查,争取对方的谅解,给付赔偿,达成和解。

在说到对方是个流浪汉、无父无母无妻无子的情况时,李长河记得最清楚的是,李庆军说的那句话——不管憨子傻子,人的生命都是一样的。面对高额的赔偿费用,李长河一筹莫展,悲苦交加。李庆军又心平气和地开导李长河:"钱可以慢慢挣,

第五章　斯人已逝，精神长在

孩子才20岁出头，前途更重要。再说了，你实在困难，我能帮也会帮你一些。虽说法院不是我家的，但我家的钱，我是可以做主的。"正是听取了李庆军的一番讲解，李长河采取了正确的途径解决问题，才没有造成不可挽回的损失和遗憾。

现在，李长河的儿子已经参加工作，勤勤恳恳，兢兢业业，走上了一条光明大道。每提起这事，李长河总是激动不已："我还记得那天，我找到他家时，他没有顾上吃饭就给我分析案子，因为下午他还要赶回郑州，他母亲就一连催他先吃点饭，不能饿着肚子开车。这让我很受感动。"

"对街坊邻居，他有温情，也有原则。"不仅是对李长河，对家乡人、对街坊四邻、对其他案件当事人、对身边的人和事，李庆军总是温情有加，善意为先。李庆军的家乡有一个男子常年以上访为业，多次找到李庆军向他咨询法律问题。对这样的上访户，李庆军没有隔着门缝看人——把人看扁，也没有把人晾在一边。相反的，对于这个老乡提出的各类问题，他总是一遍又一遍不厌其烦地给予劝解开导，想尽办法化解他的心理问题。2007年春节前夕，这个上访户的家人再次被收押，在家过年无望。这个时候，他们又找到了李庆军帮忙。李庆军尽自己的最大努力和当地有关部门多次沟通协调，在完全遵从法律法规的情况下，事情得到了圆满解决。当新年的鞭炮声响个不停时，曾经一度无望在那年春节团聚的上访户一家人，也在感激中围坐在一起,说着新一年的希望和憧憬。

记者手记

普法释疑,对于省法院立案二庭原副庭长李庆军而言,最早可以追溯到他的大学时代。那时,作为全村第一个大学生的李庆军,因为专业里有法律课程,经常接受乡亲的法律咨询,这也直接影响了他后来的择业。

进入法院工作后,李庆军更是将自己作为一名法律传播者,无论是面对试图"开后门"的人,还是真正的咨询者,他都不厌其烦地普法释法,给对方指明了一条正确的解决问题之路。

第五章　斯人已逝，精神长在

李庆军：敬畏法律，法律终会还你公道

《河南法制报》首席记者　吴倩

开栏的话：4年来，身患尿毒症的他每天靠透析维持生命，却是全庭办案最多的法官；换肾手术前一刻，他还接连给同事打了13个电话叮嘱案件细节；他留下了19本日记，记录了11年间的工作生活……他就是被本报2018年10月10日报道的出彩河南人代表、既干净又干事的新时代好法官李庆军。

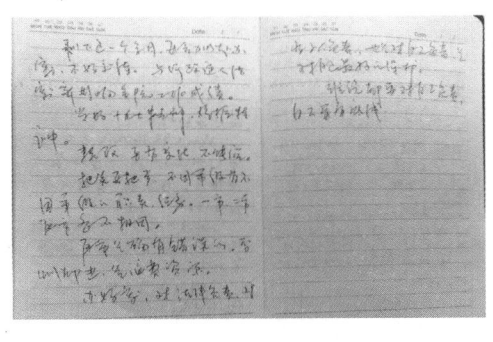

即日起，本报将循着李庆军19本日记有关内容，透过只言片语的记录，和大家走进他的精神世界，了解日记背后他爱岗敬业、刚正不阿、有法有情的感人故事。

包公刚正不阿办案原则深入李庆军骨髓

在河南大学政治系读书的4年中，李庆军无数次和同学路过开封的包公祠，不知道他后来读研究生改修法律专业与此是

人民法官李庆军

否有关联，但可以肯定的是，包公刚正不阿的办案原则，已深入李庆军的骨髓。

在李庆军的日记里，人们会看到经常有人为案件找关系的片段，但是他都在悄然关闭"后门"的同时，通过释法明理，让求情者知难而退，甚至心服口服。

"2017年10月18日，剩下这一段时间，要全力以赴办案，结案率会影响全院的工作成绩。学好十九大精神。整改，要有变化，不能空。把关要把严，不同审级有不同审级的职责、任务。办好案，对法律负责，对当事人负责，也是对自己负责，是对自己最好的保护。要有底线。"

李庆军的同窗好友、曾任李庆军弟弟李军社高中班主任的

第五章 斯人已逝，精神长在

侯怀乐，提起李庆军既佩服又感动，还有一点感慨："庆军这个人什么都好，就是有点太不给情面。"

2005年，侯怀乐找到李庆军，请他帮忙处理自己侄子承包盖房发生事故的案子。"我当时就想，凭我和庆军的关系，他应该能帮忙。再说，我作为他弟弟的班主任，三年来为他弟弟的学习生活操碎了心，他总不能不给我这个面子。"侯怀乐安慰自己。

第二天见面，李庆军一看完案卷，就直截了当、异常严肃地对侯怀乐说："我们是好友，但案子是案子，受害者就是受害者，我不能干涉。"侯怀乐一听蒙了，他万万没想到李庆军会这么干净利落、不给情面。"你弟弟在我班上学习，我是怎么操心的，你却一点也不通融。"侯怀乐很失望，闷闷不乐地回去了。

"我也理解庆军的做事风格，知道他的原则和立场，但一想到他这么不给面子，当时还是有那么点不痛快。不过，事实也正如他当初给我指出的路子一样，努力调解，争取取得对方谅解是解决事情的最好办法。"侯怀乐说。

无论什么时候都要相信司法公正。李庆军的好友李国刚有一次因为自己医院的一件医疗纠纷找他帮忙，结果也是被李庆军耐心的讲解、动情的说理"说服"了。李庆军就像他经常说的那样："我也很想帮助我的亲人朋友，但我不能为了私情去干涉司法程序。"

当年,由于家境贫寒,成绩优异的李庆军的大妹李香莲主动放弃学业,承担起家庭重担,将学习的机会让给李庆军。这种情分,也是李庆军一生都无以为报的。在病重的日子里,李庆军在一次打电话中说:"香莲呀,哥这辈子最对不住的就是你,你有事找哥时,哥也没能帮上忙,哥对不住你!""我不怪你,你不能因为我而置法纪于不顾。我理解你,哥。"

原来,李香莲在农村老家承包了十几亩地,因为部分被征用,在赔付方面发生纠纷。此时的李庆军已经在省法院工作,她心想只是让哥哥捎个话,自己的官司进展可能会更快些。谁知,当她把情况向哥哥李庆军说明后,李庆军只是详细地帮她梳理案情,讲解法规政策,还告诉她要打官司只管自己去打,走到哪里都不能提李庆军是她哥哥这层关系。

李庆军的妻子马凤实说,这样的事说起来有一箩筐。李庆军的大妹夫刘宁军说,他一个关系很铁的同学闹离婚,为了要回孩子的抚养权,这个朋友请他找李庆军帮忙,但李庆军了解情况后回复说:"第一,这件事情不便出面;第二,我虽在省法院工作,但不能干预基层法院公正司法。"

李庆军的表哥李继贤也曾向他开过口,想让他帮忙解决一些经济纠纷,但李庆军平静地从法律的层面给他讲解,耐心劝解,规劝他无论什么时候都要相信司法公正,只要走合法的程序,"敬畏法律,法律终究会还你公道"。

记者手记:

司法公正是社会良知的底线。英国哲学家培根说:"一次不公正的司法判决,其恶果甚于十次犯罪,因为犯罪只是弄脏了水流,而不公正判决却是弄脏了水源。"在很多事情上,李庆军或许有负于亲人朋友,但作为一名法官,李庆军无愧于法律、无愧于当事人。

人民法官李庆军

河南省高院发出通知
号召全省法院系统向李庆军同志学习

《河南日报》 记者 周青莎

河南日报讯（记者周青莎）近日，省高级人民法院发出通知，决定在全省法院系统开展学习李庆军同志的活动，让李庆军同志的事迹和精神成为激励广大法院干警努力工作的强劲动力。

李庆军生前系省高院立案二庭副庭长、员额法官，2018年9月28日因病医治无效在郑州逝世，年仅54岁。

李庆军长期从事民事审判

工作，忠于职守，秉公办案，近3年来主审案件217起，无一错案和上访缠诉，收到良好的法律效果和社会效果。因长年超

负荷工作，他积劳成疾、身患重病，但仍以顽强的毅力默默坚守在审判工作岗位，用生命书写着对党的忠诚和对审判事业的热爱。他的先进事迹集中体现了人民法官信念坚定、司法为民、敢于担当、清正廉洁的精神风貌，是新时代人民法官践行社会主义核心价值观的优秀典范。

通知要求，全省法院广大干警要学习李庆军同志爱岗敬业的崇高品质、公正司法的职业追求、坚韧不拔的顽强意志和严谨细致的工作作风，忠诚履职、勤勉敬业、开拓进取、勇于创新；要教育广大干警以李庆军同志为榜样，紧紧围绕"努力让人民群众在每一个司法案件中感受到公平正义"的工作目标，坚定信仰、爱岗敬业、恪尽职守、无私奉献，不断提升审判工作的质量、效率和效果，为新时代中原更加出彩做出新的更大的贡献。

附一：媒体评论

河南广播电视台短评：

李庆军，一个普通的法官，之所以能在平凡岗位上，书写不平凡的人生华章，原因就在于他二十五年如一日，一生专注做好一件事，用行动兑现了"对得起良心，对得起双方当事人，不能给党抹黑，不能给法院抹黑"的人生承诺，诠释了"人民法官"四个字的深刻内涵，捍卫着法律的神圣，将法治的暖流汇入世道人心，不愧为"新时代的好法官"。人生因奋斗而出彩，平凡因坚守而不凡。进入新时代，我们需要更多的像李庆军这样的出彩河南人，把该做的事说到做到，把分内的事做实做好，共同谱写中原更加出彩的动人乐章。

《河南日报》短评：

"不知道他这么拼命啊""他对这份职业的热爱早已融入血液、融入灵魂""我遇到了一位好法官"……省高院立案二庭副庭长李庆军的生命年轮定格在54岁，人们从他身上看到

附一：媒体评论

了天平的光芒，他的事迹感人至深，他的精神值得我们每个人学习发扬。

有人说，牺牲公正是法官的耻辱，为公正而牺牲是法官的荣誉。新时代新形势，"努力让人民群众在每一个司法案件中感受到公平正义"，不仅要说到，更要做到。李庆军就是这样一位专业而敬业的法官，常怀良善、公允之心，常持自律、勤勉之志，在专业上求精、在细节上求严、在过程中求全。法官当如李庆军，这样的法官多一些，群众的利益就更能得到保障，法律正义就能够实现，而且定然可以"以人们看得见的方式加以实现"，将法治的暖流点点滴滴汇入世道人心。

人们为李庆军而感动，也因李庆军而深思。一个普通的法官，岗位如此平凡，为何能书写不平凡的人生华章，成为受人敬仰的模范先锋？答案正在于如何诠释"平凡"二字，没有人生来伟大，但在日常细行的坚持中，能把平凡变成伟大。李庆军二十五年如一日，一生专注做好一件事，用他的行动兑现了"对得起良心，对得起双方当事人，不能给党抹黑，不能给法院抹黑"的人生承诺，诠释了"人民法官"四个字的深刻内涵。他身上所体现出的崇高的职业操守、献身河南的精神境界，具体而微、生动可感，充分说明了坚守蕴藏着的巨大力量。

平凡因坚守而不凡，奉献因执着而可贵，人生因奋斗而出彩。"为民甘做孺子牛"的许帅，以身挡车的信阳山村教师李芳，两天一透析仍奋战在脱贫一线的齐尚山……近年来，在一批出彩河南人身上，那些闪光的精神，已成为我们这个社会的巨大财富，激励着亿万河南人在让中原更加出彩的进程中，砥砺前行。什么是真正的出彩？就是像他们那样，把应该做的事情做好、做实、做优，在平凡的岗位上踏实做人、认真做事、争先创优，我们当为无愧于新时代的奋斗者。

《河南日报》评论员文章：
立足本职争出彩
——学习新时代好法官李庆军之一

"有法官如斯，是人民之荣幸；有党员如斯，是党员之楷模！""朴实无华的好法官，'出彩河南人'的代表。"河南省高级人民法院法官、立案二庭原副庭长李庆军的事迹经报道后，网民纷纷留言，像李庆军那样，争做出彩河南人。

何谓出彩河南人？就是葆有热爱河南的家乡情怀、建设河南的责任意识、献身河南的精神境界。李庆军身上就体现了这些优良品质。他积劳成疾、身患重病，仍以顽强毅力默默坚守，用生命书写着对党的忠诚和对全面依法治国的忠实践行。他像善待亲人一样善待百姓，即使标的额仅3500多元的劳动报酬争议案，他也认真审理，查明真相，让当事人打心眼儿里接受处理结果。他守土有责、守土尽责,一有时间就钻研审判前沿课题,以精湛业务守护公平正义。他甘于奉献,生命最后的8个月,个人结案121件,是全庭办案最多的法官,重病住院做检查和透析时还忘我工作……李庆军在平凡的岗位上书写了不平凡的人生华章,展现了出彩河南人的高尚品质。

"一个好法官,不仅仅是讲述了一个好人故事,更是坚定了群众对公平正义的信仰。"正如网民所说,李庆军的出彩,为法治大厦垒上一块坚固的砖石,为社会和谐添上一抹温暖的色彩。从李芳、张玉滚、赵超文……到李庆军,他们是新时代中原更加出彩实践中涌现的突出个人,是层出不穷出彩河南人的杰出代表,也是伟大愚公移山精神、焦裕禄精神、红旗渠精神的当代传承。

社会机体的活力四射,离不开一个个细胞的动力支持。改革开放站在了新的历史起点上,新使命、新征程需要个个争先、人人出彩。以忠诚扛起责任,以爱民服务群众,以敢为天下先的勇气矢志改革创新,平凡的岗位上也有无限风景,平凡的人生也将奏响华美的乐章。一个个出彩工人、出彩农民、出彩干部、出彩科技工作者、出彩教师……涓滴汇河海,累土积高山,中原更加出彩的伟大事业必将磅礴前行。

《河南日报》评论员文章：

做公平正义的守护者
——学习新时代好法官李庆军之二

习近平总书记在庆祝改革开放40周年大会上指出："我们要加强社会治理制度建设，不断促进社会公平正义，保持社会安定有序。"新时代的好法官李庆军，就是立足本职，以严格司法守护公平正义的先进典型。

他对党和法官事业无限忠诚，"法院是说理的地儿，做这份工作一定要对得起良心，对得起双方当事人，不能给党抹黑，不能给法院抹黑！"他是这样说的，也是这样做的，从业生涯中，经手案件没有收到一份投诉。他恪尽职守，干工作有韧劲，办案量常常在全庭名列前茅，被确诊为尿毒症后，平均每周还接待10位案件当事人；他对群众特别是弱势群体有亲劲，越是扛着麻袋、大包小裹来出庭的当事人，他越是倾注心血。遇到棘手案件，他拼劲十足："底线绝不能突破，对法律要有敬畏之心。"他办过的案子，当事人多年后仍念念不忘，真正做到了让群众在每一个案件中感受到公平正义。

在当前的改革深水期和社会转型期，党和人民对法治、司法公正寄予厚望，全面依法治国大力推进。法官这个职业掌握着法律赋予的最终裁判权，法官们作为维护国家法治的特殊群体，其理想信念、职业精神、综合素质直接关系着法治的实现程度。时代在呼唤着好法官，法治需要好法官，人民离不开好法官。对李庆军的缅怀，也是砥砺使命责任的郑重宣誓，更是对涌现越来越多优秀法官的深切期盼。

广大党员干部特别是司法工作者，都要向李庆军同志学习。学习他对党和事业的无限忠诚，热爱本职工作，抓紧每一天，干好每件事；学习他迎难而上的工作作风，以精湛业务创造一流业绩，用顽强拼搏成就出彩人生；学习他对人民群众的真挚情感，扎根人民，帮民解困，为民谋利。切实学习弘扬李庆军同志的崇高精神，人民群众的法治信仰就会越来越坚定，社会公平正义的底线就会越织越牢。

《河南日报》评论员文章：

一心干事一身干净

——学习新时代好法官李庆军之三

"党的好儿子，人民的好公仆、好法官！""一个好法官，不仅仅是讲述了一个好人故事，更是坚定了群众对公平正义的信仰""我们需要李庆军这样既干净又干事的好法官、好干部"……一句句发自肺腑的感言，诉说着社会各界人士对"新时代的好法官"李庆军的深切怀念。

在同事眼里，李庆军总是绝对坚持原则，他常说："不管什么案子，都得按法按理来办！""法院是说理的地儿，一定要对得起良心，对得起双方当事人，不能给党抹黑，不能给法院抹黑！"这些掏心掏肺的话，诠释着一位法官的忠诚与担当。

"做到了廉洁办案，才能平安一生，要想得到一生平安，也就不能有私心，生贪念，以案件做交易，拿公正换利益"……日记中的内心独白，是李庆军心底无私的写照；不向领导伸手，不向当事人伸手，不向同事朋友伸手，同事们"三不伸手"的形象总结，是他廉洁操守的生动注脚；"他的善良正直、坚韧担当，是留给我和孩子最好的纪念。"妻子的动情讲述，是他可贵品质的佐证。常在河边走，就是不湿鞋，李庆军不仅是一位勤于干事的好法官，也是一位干净廉洁的好干部。

不干净，党纪国法不容忍；不干事，人民群众不答应。既干净又干事，才能赢得群众的尊重和信赖。只有守住底线，做一个政治干净、心里干净和手脚干净的人，才能为干事装上"安全阀"、贴上"护身符"，才能有做人的底气、做事的硬气、做官的正气，才能无私无畏、行稳致远。推进中原更加出彩，需要一大批李庆军式的好干部。广大党员干部真正做到忠诚干净担当，担责担难担险，就一定能开创河南各项事业的新局面。

附二：好友诗文

李庆军去世后，他的发小翟立新老师饱含深情，写下了很多文章，怀念昔日的小伙伴。以下是翟立新老师作品。

平凡的岗位，非凡的足迹——记铁人法官李庆军

翟立新

有一个机关叫法院

有一种职业叫法官

这职业、这机关

亦都很平凡

然河南省高级人民法院

培养出一个铁人法官

他就是轰动各大媒体

感动大河南北

立案二庭副庭长李庆军法官

回望他的足迹

催人泪下可歌可泣

从小父亲因公致残
母亲一人挑起家庭的重担
幼小的他不得不跟随母亲
上山砍柴、采药、挖野菜
田间农活、无所不干
孝敬长辈、爱护弟妹
尊敬师长、团结同学
手不离书、学习刻苦
成绩优异、跳过龙门
功夫不负有心人
终于考入河大 深造学习
堪称山里娃之典范
亲戚邻居交口称赞
以优异成绩毕业后
分配到高校任教
为更好地服务社会
继续深造学习法律
硕士毕业后考上法官
竞聘到河南省高院上班

几十年如一日
在当事人与法院之间往返奔波
从立案到法槌的起落

绞尽脑汁地维护法律的公正与威严
无休止地开庭 调解 判决……
常常伏案加班至深夜
捍卫公平 匡扶正义
刚直不阿、执法如山
心血的凝聚
汗水的浇灌
苦口婆心的说教
不为人知的规劝
多少干戈化为玉帛
多少个日日夜夜
深入到城镇乡村 地头田间
历尽艰辛，风雨兼程
只为一份公正的判决
然每一次结果
不一定都能赢得掌声和理解
可他义无反顾
为正义伸张，无悔无怨
偶有假期回到家乡
父老乡亲十字路口的彷徨
失足少年的浪子回头
雪上加霜的天灾人祸
家乡变化的每一件大小之事

都牵动着他的心

经济上接济、法律上援助

把普法教育的课堂

开在家园、开在田间

多少感动、泪湿衣衫

隐瞒着自己的病情

去看望乡亲无数

自己年迈的父母

住着土屋

烈日炎炎下

守着几亩山地为生

而他回乡接济过穷人无数

病逝的噩耗传来

整个家乡悲声一片

一群群人自发驱车

四百余里前往省城吊唁

无力前往者聚集一起

面向省城方向鞠躬默哀

七十多岁消息闭塞的老者

含泪举着花圈……

不是从事文字工作

附二：好友诗文

不会舞文弄墨

夜不能寐的一群群人

拿起笔用不成篇章的文字

回忆难忘的一幕幕往事

来表达他们的怀念哀思

更有不熟练电脑打字

两眼昏花的老者

深夜里手机上的滴滴血声声泪

是难以想象多么艰难

看到网络媒体的报道

有谁不为之动容

那么严重的病情

亲人同事无人知晓

本该在医院完成的透析

为了工作坚持在家自己做

五年透析坚持上班

工作一点不误

并且样样出色完成

在重症监护室里

在生命的最后时刻

连续十几个电话

上传下达、交代工作

为咨询法律的乡亲排忧解难
定格成生命最后永恒的画面

单位同志泣不成声的追记
家乡父老泪流满面的回忆
使这个被誉为铁人的法官
非凡的足迹找到了答案
从小母亲苦难的榜样力量
高院领导的关怀培养
铸就了他铁一般的意志
高尚的道德情操

铁人也终将敌不过可恶的病魔
无奈地离开他挚爱的工作
离开他朝夕相伴的亲人同志
离开他日夜牵挂的案件
但他的英雄赞歌
将继续在中原大地传颂
激励河南人千千万万
为中原出彩不懈奋斗
为祖国建设砥砺奋进

谜 底

翟立新

为了心中的神圣

翻越这崇山峻岭

体验法官走过的山路

参观他住过的窑洞

走访他的同窗乡邻

惊诧在这荒郊野岭

谜底终于揭晓

一切并非偶然

艰苦的童年生活

良好的家风熏陶

铸就了钢铁般的意志

培养了高尚的人格魅力

……

家乡的父老相亲聚集一起

朝着法官遗体安放的方向

鞠躬默哀

表达他们对心中英雄的深深敬意与缅怀

祝英雄一路走好

老乡们的声声泪滴滴情

任何赞美的语言都苍白无力

……

附二：好友诗文

浪淘沙·祭

杨相峰（郑州市中级人民法院驻经开区综合审判庭庭长）

晴天响霹雳

庆军西去

前天见时还健谈

隔日阴阳两重天

阎爷粗蛮

思往事陈年

臻密无间

德才品行众人赞

长江逝水向东去

雄才伟岸

人民法官李庆军

献给你——我们的好战友"法官李庆军"

题记：聆听河南高院《出彩法院人》报告会后，心有所感，特献出小诗一首，以寄心志。

吴金鹏（河南省高级人民法院正处级调研员）

也有老母亲

也有心上人

时时在回望

毕生在努力

只写入那十九本日记里

正如一粒小水滴

不污

不器

不灭

或静

或涌

或瀑

恰似一个小精灵

附二：好友诗文

参与平衡，始终

不忘初心

就和着日月地球星辰

自转

公转

时时亮出

自己的花，能合着

大众的潮汐

步履匆匆

身影明淡

盛开怒放时

也无须赞誉赏析

只让卷宗整齐依旧

只让案件尘埃落定

一任厚厚薄薄的日子遁形

不惧自己的身影自此远去

有一种缄默，也许无人理会

有一种承受，也许遥遥无期

新时期的人民法官啊

责任依旧，生生不息

奉献出全身精华

且忠诚干净担当

平凡建树如此强大

艰巨使命如此荣光

一种无悔无须证明

一种光彩短暂永恒！

只行在大道之上

平凡无闻的你我

步履铿锵而有力

肩上的职责使命依旧

就在这世间熠熠生辉

附三：记者手记·平凡的力量

没有可以值得大书特书的荣誉，没有说过什么豪言壮语，没有办过万众瞩目的大案要案，没有惊天动地的感人事迹——在河南法官群体中，李庆军一直是最普通的一员。

如果不是这次换肾手术失败，也许李庆军直到退休，也只是默默无闻的一名法官。苍天无眼，让他的生命定格在年富力强的54岁；苍天有眼，让我们有幸看到了他平凡背后的壮举。

19本工作日记，还有亲人、朋友、同事、案件当事人的描述，让我们逐渐走进了李庆军一直封闭的个人世界，看到了他平凡日常背后的感人故事。

李庆军出生于一个贫苦的山区家庭。贫苦是一种苦难，却被李庆军转化为了人生中的财富。幼年时的坎坷经历，塑造了他坚韧的性格，也成就了他善良的品质。这是他最宝贵的事业基石。

身患尿毒症疾病，每天要做四次腹膜透析，要极度控制饮水，每月还要去北京做一次检查治疗。他没有选择"病退"，也没有公开病情要求单位特殊照顾，甚至和同事承担同样的工作任务，在做手术前的最后13个电话，全都是交代工作……

面对形形色色的当事人，他总能不厌其烦地倾听对方的讲述，心平气和地与对方沟通，将各种矛盾与隐患化解于明理析法之中，努力做到案结事了，为社会和谐贡献自己的力量。

对于想办"人情案"的亲友，他在果断拒绝之后，总会认真地帮助分析案情，给对方指出一条阳光大道，让大家相信法律的公正与力量。

他拒绝了很多想走关系的人，包括他的父亲、妹妹、妹夫、同学，以至于他那倔强的父亲，提起自己不能转正的往事，到现在都对这个"不听话"的儿子充满责备。

每一次，拒绝"走后门"的亲友时，李庆军都是斩钉截铁，态度让人望而生畏。但是，他转身之后的善良，却让人潸然泪下："想'走后门'行不通，你要是实在困难，我可以给你钱。"

采访中，让人印象最深刻的是，李庆军有次酒后哭着打电话给大妹，说妹妹当年学习成绩很好，为了将上学的机会给他，主动放弃了学业，承担起家庭的重担。当妹妹唯一一次在案件上求助于他，他却没有按照妹妹的意愿"打招呼"，一直在心里感觉对不起她。

是的，于私而言，李庆军或许对不起这个妹妹，但他无愧于法官这个称谓和审判庭台上那高高挂起的国徽。正是千万个

附三：记者手记·平凡的力量

像他这样的法官，通过对法律的坚守，践行着习近平总书记所言的"要努力让人民群众在每一个司法案件中都感受到公平正义"，让广大人民群众相信法律的力量。

他是一名法官，也是法律最忠实的"布道者"。对于咨询案件的亲友、老乡，他也都是耐心细致地讲解法律，即便是饿着肚子，也要给对方讲清楚了再去吃饭。在生命最后的时刻，在重症监护室里，李庆军还强打精神给一位老乡回电话，帮助他耐心分析案件。

桃李不言，下自成蹊。李庆军悄然走了，但他的精神却在河南法院系统传承，在网上被亿万网友热议点赞。所有与他有过交往的人，都记得他那永远挂在脸上的微笑，记得他对工作的坚韧，记得他那大山之子的善良。

后记

下决心写李庆军的事迹，其实是犹豫的，原因是李庆军在省高院实在是太平凡，太默默无闻。做政法记者跑省高院这条线十几年，我甚至不记得曾与其几度谋面。记忆中的他总是戴一个大大的口罩，碰到时他总是冲我点点头。

在李庆军就读过的家乡小学采访，
作者吴倩和李庆军的发小及同学一起悼念李庆军并三鞠躬

后记

李庆军是省高院的一名副庭长，也就是人们常说的中层副职，副处级干部，这个级别的干部在人们眼中很尴尬。在人民群众眼里，他们是相当于县太爷的领导干部，但在省直机关的生态圈里，他们算不得领导干部。李庆军是业务骨干，54岁时仍在一线带头办案，没有对法律的信仰，没有一定程度的执念，没有对事业对人民的忠诚，是不可想象的。

和中、基层法院院长谈起李庆军的先进事迹，他们皆言：像李庆军一样的法官，在法院比比皆是，一抓一大把，"工作日经常加班、周六保证不休息、周日休息不保证"，甚至省高院头发花白的老法官周末加班写判决都是常有的事情，这些普普通通的人都在默默地负重前行！

毛主席诗词说"战地黄花分外香"，对李庆军同志来讲，他的审判岗位就是他的"战地"，为守好他的阵地，四年间，他一边与病魔抗争，一边拼命工作，在平静的面容下面，有一颗无比强大的心。是什么支撑着他？是对官位和金钱的追求，还是对法律的信仰？习近平总书记在十九大报告中提出"不忘初心、牢记使命"，李庆军正是用他一辈子来践行初心。在同事眼里，他具有"信念坚定的政治品格、公正司法的职业追求、严谨细致的工作作风和坚韧不拔的钢铁意志"，李庆军"求仁得仁"，向着胜利的方向倒在了自己挚爱的岗位上，他，不愧是一位"战地英雄"。

毛主席诗词还说"喜看稻菽千重浪,遍地英雄下夕烟"。对整个法院系统来讲,对前进中的中国来讲,李庆军是"遍地英雄"之一。反观我们自己,每一个有理想的人,只要忠于祖国,忠于人民,我们都是"战地英雄、遍地英雄"。其实我想用的副标题是——向着胜利的方向,前进!

吴倩于 2019 年 7 月 1 日